Lisa Gallauner
Teufelsmahl
Kriminalroman

Lisa Gallauner wurde 1978 in St. Pölten geboren. Sie ist verheiratet und hat einen Sohn. Ende der 90er Jahre ließ sie sich an der PÄDAK Krems zur Diplompädagogin für Englisch, Musik und evangelische Religion ausbilden. Später sollte auch noch die Diplomausbildung für Informatik folgen. 2008 erschien ihr erstes Kinderbuch, seit damals schreibt sie, neben ihrer Arbeit als Hauptschullehrerin, unaufhörlich. Nach sechs erschienenen Kinderbüchern, zwei Anthologie-Beiträgen, fünf veröffentlichten Theaterstücken und Band 1 der Meierhofer-Reihe, Teufelsstimmen, ist Teufelsmahl nun ihr zweiter Krimi für Erwachsene.
Von Lisa Gallauner bisher erschienen:
Kriminalromane: Teufelsstimmen
Kinderbücher: Ballett ist doch ganz nett! * Hexe Hanna hebt ab * Leo Lupe löst den Fall * Fritz, schnell wie der Blitz * Das Geheimnis des dunklen Teiches * Schule ist auch was für Coole! – Meine liebsten Schulgeschichten (alle G&G Kinder- und Jugendbuchverlag)

http://lisa.gallauner.at

Lisa Gallauner

Teufelsmahl
Kriminalroman

federfrei
www.federfrei.at

Marchtrenk, 2011
www.federfrei.at

Umschlagabbildung: © Philipp Salomon Argus,
James Thew, Fotolia
Lektorat: Verlag Federfrei
Satz und Layout: Verlag Federfrei
Druck und Bindung: Finidr s.r.o., Tschechische Republik

ISBN 978-3-902784-04-9

Ich widme diesen Krimi meiner großartigen Familie
(dem blutsverwandten, dem angeheirateten
und dem noch nicht angeheirateten Teil).

Sämtliche Protagonisten dieses Romans, ihre Namen und ihre Handlungen sind frei erfunden, etwaige Ähnlichkeiten mit lebenden oder verstorbenen Personen nicht beabsichtigt.

Obwohl der Roman in der wunderschönen Wachau spielt, und viele der erwähnten Orte tatsächlich existieren, entspringen die Tatorte sowie die Außenstelle des Landeskriminalamtes Niederösterreich bewusst ebenfalls der Fantasie der Autorin.

1

Er ringt verzweifelt nach Luft. Seine Kehle, sie ist wie zugeschnürt! Die bittere Wahrheit wird ihm bewusst. Gleich ist es vorbei. Vorbei. Leider … oder endlich. Endlich hat die Qual ein Ende. Er wird sterben, und vielleicht hat er das sogar verdient. Ein letztes Aufbäumen, ein letzter verzweifelter Atemzug. Er kann es nicht ändern. Seine Zeit ist gekommen. Früher als geplant. Der Teufel wird ihn holen. Und dann wird abgerechnet. Dann muss er büßen für all seine Sünden. Er merkt, wie ihm die Sinne schwinden. Es wird schwarz um ihn. Es ist vorbei. Vorbei.

*

»Du kriegst mich nicht!«

Die attraktive, junge Blondine wandte sich nach ihrem Freund um, warf ihm einen Kuss zu und lief davon.

Der indirekt Geküsste lachte laut auf und stürzte seiner Angebeteten hinterher.

»Und ob ich dich kriege! … Ich weiß auch schon, was ich mit dir anstelle, wenn ich dich erst habe!«

Das Mädel errötete, gab ein spitzes Kreischen von sich und ließ sich nur allzu gern fangen. Wenig später lagen die beiden wild schmusend auf dem moosbedeckten, feuchten Waldboden. Ein kühles Unterfangen.

Es war Mitte April, und der Wind, der durch den Dunkelsteinerwald blies, war von einem warmen Frühlingslüftchen noch weit entfernt. Statt strahlendem Blau konnte man zwischen den Baumkronen nur das eine oder andere Stück wolkenverhangenen Graus entdecken. Doch das schien die beiden jungen Leute nicht zu stören. Ihnen war trotz des Wetters heiß, bis die ersten Regentropfen auf dem einladend ausladenden Dekolleté der Blondine landeten.

»Es fängt zu regnen an!«, meinte diese daraufhin entsetzt.

»Na und? Du bist zwar eine Süße, aber hoffentlich nicht aus Zucker.« Unbeirrt nestelte der durchtrainierte Mann Anfang zwanzig am BH-Verschluss seiner Geliebten herum. »Warum geht dieses Scheißding nicht auf?«

»Schluss damit! Es regnet!« Die Blondine sprang auf, griff nach ihrem auf dem Boden liegenden, zerknitterten rosa Sweater, auf dem ein Schaf mit Engelsflügeln abgebildet war, unter dem das Wort *Unschuldslamm* stand, und zog ihn sich über den Kopf. Ihr Begleiter sah ihr dabei gefrustet zu.

»Seit wann bist du denn so empfindlich?«, zischte er, während er sein Gesicht dem Regen zuwandte. Im Gegensatz zu seiner Freundin konnte er eine kalte Dusche im Moment ganz gut vertragen.

»Ich bin nicht empfindlich, aber ich darf jetzt einfach nicht krank werden! Du weißt schon, die Matura!« Die Blondine schloss den obersten Knopf ihrer Jeans, der im Eifer des Gefechts aufgegangen war.

Auch ihr Begleiter war nun wieder vollständig bekleidet. »Bin ich froh, wenn du deine depperte Matura endlich in der Tasche hast. Jetzt musst du einmal nicht lernen, und dann darfst du nicht krank werden. Was ich will, interessiert keinen.«

Die junge Frau errötete erneut und raunte: »Ich weiß eh, was du willst, und glaub mir, ich will das auch, aber krank werden darf ich trotzdem nicht. Schau! Da vorne ist eine Hütte. Vielleicht haben wir Glück und kommen rein. Dann kriegst du möglicherweise doch noch, was du willst.«

Die Miene des jungen Mannes erhellte sich ein wenig. Ein Schäferstündchen in einer einsamen Waldhütte, das hatte was.

Hastig eilte das hübsche Paar auf die kleine, in eigenwilligem Grün gestrichene, Hütte zu, die verlassen dalag. Sie sah alt aus. Alt, aber gut erhalten.

»Tatsächlich. Die Tür ist offen«, murmelte die Blondine erstaunt, als wenig später die Hüttentür schon beim ersten zaghaften Versuch aufging.

»Hallo, ist da jemand?«, flüsterte sie, während sie vorsichtig das Häuschen betrat.

Ja, da war jemand. Und dieser Jemand war kein schöner Anblick. Auch die attraktive, künftige Maturantin war kein schöner Anblick mehr, als sie sich auf den Holzboden der Hütte übergab. Und ihr Begleiter? Dem war plötzlich gar nicht mehr heiß. Er griff zitternd nach seinem Handy und wählte die 133.

*

»Das ist ja widerlich!« Stefano Staudinger, der junge halbitalienische Gruppeninspektor, der aussah wie der bei der letzten Fußball-WM leider nur mäßig erfolgreiche Christiano Ronaldo, kämpfte gegen den Würgereiz an, der ihn beim Anblick der Leiche überfiel.

Auch Chefinspektor Hans Meierhofer, Staudingers gemütlicher, alternder Vorgesetzter, der optisch eine Mischung aus Liam Neeson und dem Weihnachtsmann war, spürte, dass ihm ein wenig übel wurde. Trotz der Routine, die er mittlerweile hatte, passierte das immer wieder. Die Leiche übertraf allerdings auch alles, was er bis jetzt erlebt hatte. Die Opfer der Stimmenmorde im Vorjahr waren zwar ebenfalls nicht ansehnlich gewesen, aber das hier toppte deren Schockfaktor noch.

Der Tote, ein halb nackter Mann, der wahrscheinlich um die sechzig war und an einen Sessel gefesselt in der Mitte des Raumes »saß«, hatte sich vor seinem Tod wohl einige Male übergeben. Außerdem schien er auch seinen Schließmuskel nicht mehr unter Kontrolle gehabt zu haben. Dementsprechend stank es am Tatort, dem Inneren einer kleinen Waldhütte mitten im Dunkelsteinerwald, nach einer Mischung aus Erbrochenem, Exkrementen und Blut. Meierhofer bemerkte, dass der Sessel mit schwarzen Gurten an einem der Beine eines massiven Tisches festgeschnallt war. Anscheinend hatte jemand verhindern wollen, dass der Tote auch nur die geringste Chance auf Flucht hatte.

Doktor Grahninger, die neue Gerichtsmedizinerin, die Meierhofer und Staudinger erst vor einigen Wochen kennen gelernt hatten, wuselte bereits um die Leiche herum. Wie schaffte sie es nur, immer so schnell am Tatort zu sein? Doktor Geraldine Grahninger war eine eigenwillige Person. Äußerst attraktiv, erschreckend klug und ungemein stur. Sie war etwa vierzig Jahre alt, hatte langes, glattes, rotes Haar, das sie meist zu einem Pferdeschwanz gebunden trug, unglaublich große, grüne Augen, die hinter einer knallroten Brille hervorblitzten und eine atemberaubende Sanduhrfigur. Meierhofer musste sich regelmäßig dazu zwingen, die Medizinerin nicht allzu offensichtlich anzustarren, wenn er ihr begegnete. Immerhin war er glücklich verheiratet. Auf den homosexuellen Staudinger hatte Grahninger diese Wirkung natürlich nicht, er fand sie eher einschüchternd und aufdringlich.

»Ah, sind die Herren Inspektoren auch schon da«, zischte Grahninger zynisch, als sie Meierhofer und Staudinger erblickte.

»Frau Doktor Grahninger, es freut mich ebenfalls, Sie zu sehen«, erwiderte Meierhofer cool, »können Sie schon was sagen?«

Die Gerichtsmedizinerin setzte ein Lächeln auf, das in etwa den Charme einer Kobra ausstrahlte. »Aber natürlich. Ich weiß alles. Todesursache, Todeszeitpunkt, was der Tote zuletzt gegessen hat, ach ja, und den Mörder kenne ich natürlich auch schon, falls es sich hier um Fremdverschulden handelt.«

»*Nein, der Typ hat sich wahrscheinlich selbst an den Sessel gebunden*«, schoss es Meierhofer durch den Kopf. Er und Staudinger blickten einander an, wobei Letzterer ein wenig genervt die Augen verdrehte.

Die Gerichtsmedizinerin ignorierte das einfach.

»Meine Herren, wir sind hier nicht im Fernsehen. Ich bin auch erst vor einigen Minuten eingetroffen. Aber ein bisschen was kann ich Ihnen schon verraten. Wie es aussieht, ist dieser Mann hier bereits seit ein paar Stunden tot. Den genauen Todeszeitpunkt weiß ich auch noch nicht. Und woran er gestorben ist, erkennen Sie wohl selbst.«

Staudinger warf Meierhofer einen fragenden Blick zu. Der Chefinspektor zuckte kaum sichtbar mit den Schultern, immerhin hatte er noch keine Möglichkeit gehabt, die Leiche genauer unter die Lupe zu nehmen. Trotzdem gab er einen Tipp ab: »Gift?«

Doktor Grahninger nickte zufrieden: »Allerdings. Wie es aussieht, ein Gift, das nicht allzu schnell wirkt. Der Tote hat sich mit Sicherheit einige Male übergeben, natürlich vor seinem Tod, und das über einen längeren Zeitraum hinweg, der blutige Kot ist teilweise schon stark eingetrocknet.«

Die Gerichtsmedizinerin zeigte auf den verschmutzten Sessel unter der Leiche, ohne mit der Wimper zu zucken, Staudinger und Meierhofer hingegen konnten nur mit größter Mühe ihr Mittagessen bei sich behalten.

Um sich abzulenken, fuhr sich der Chefinspektor über seinen Vollbart und stellte die Frage aller Fragen: »An welches Gift denken Sie denn?«

Ein wissendes Lächeln machte sich auf Doktor Grahningers Gesicht breit. »Ich habe da so eine Vermutung, aber bevor ich es nicht sicher weiß, sage ich gar nichts. Sie müssen sich also noch ein Weilchen gedulden, meine Herren.«

»Aber geh, die Frau Doktor wird doch keine Angst davor haben, einen Fehler zu machen«, dachte Meierhofer amüsiert. Irgendwie war es beruhigend, dass sogar eine toughe Frau wie die Gerichtsmedizinerin ab und zu unsicher war. Auch wenn sie versuchte, diese Unsicherheit mit einer doppelten Portion Härte und Zynismus zu überspielen.

Er erwiderte ein wenig süffisant: »Geduld ist eine meiner herausragendsten Tugenden, Frau Doktor. Melden Sie sich einfach bei mir, wenn Sie mit der Autopsie durch sind.« Geraldine Grahninger nickte ein wenig enttäuscht. Wahrscheinlich hatte sie erwartet, dass der Chefinspektor zumindest um einen kleinen Tipp betteln würde. Aber Betteln war weit unter Meierhofers Würde.

»Komm, Stefano, schauen wir uns ein bisschen genauer um, ehe die Kollegen von der Spurensicherung hier alles auf den Kopf stellen!«

»Kolleginnen und Kollegen, wenn ich bitten darf«, warf Doktor Grahninger ein.

»Wenn Sie wollen, auch KollegInnen mit großem I«, konterte der Chefinspektor genervt, da er vom Gendern so gar nichts hielt. Er war ja wahrlich kein Macho, aber musste man die *Innen* immer extra erwähnen? Früher war man doch auch ohne diesen Unsinn ausgekommen.

Staudinger, der spürte, dass die Luft in der kleinen Hütte immer dicker wurde, hatte nur einen Wunsch: endlich hier rauszukommen. Der schreckliche Anblick und der ekelerregende Gestank der Leiche in Kombination mit dem grantigen Hans Meierhofer, der sich mit dieser eigenwilligen Gerichtsmedizinerin anlegte: Das ging auf keine Kuhhaut! Aber Staudinger musste durchhalten, das würde noch ein langer Arbeitstag werden, so viel war klar. Denn wenn der Gruppeninspektor eines mit Sicherheit wusste, dann, dass es sich hier um Mord handelte. Der bemitleidenswerte Tote war von irgendjemandem auf bestialische Weise ins Jenseits befördert worden. Und diesen Jemand mussten sie finden.

2

»Zyankali, Strychnin, Arsen, die wirken doch alle eher schnell, oder? Weißt du, welches langsam wirkende Gift die Grahninger gemeint haben könnte?«

Staudinger marschierte nervös im Büro auf und ab. Dass er einfach nicht darauf kam, welches Gift Diplomingenieur Kurt Pullhann, einen zweiundsechzigjährigen Unternehmer, getötet hatte, machte ihn wahnsinnig.

Meierhofer nahm das lockerer: »Nein, ich habe keinen blassen Schimmer, welches Gift unsere liebe Frau Doktor gemeint haben könnte, aber sie wird es uns schon noch verraten. Die Gute soll ruhig für ihr Geld arbeiten. Also, hör bitte auf, wie ein aufgescheuchtes Hendl hier herumzulaufen, Stefano, du machst mich noch verrückt! Ich hol mir einen Kaffee, möchtest du ein Glas Wasser?«

Im Gegensatz zu Meierhofer, der kaffeesüchtig war, trank Staudinger vor allem Leitungswasser. Wahrscheinlich sah er deshalb auch so blendend aus. Ganz anders als der Chefinspektor eben, der seit dem letzten Sommer noch ein paar Kilo zugelegt hatte und dessen Haare und Vollbart mittlerweile fast ausschließlich grau waren. Was ihn in den vergangenen Monaten so rapide hatte altern lassen, wusste er natürlich nicht mit Sicherheit. Zuhause machte er gern Scherze darüber, dass es wohl an Irene, seiner besseren Hälfte liegen musste, aber ihm war durchaus bewusst, dass das äußerst unwahrscheinlich war. Viel eher ging er davon aus, dass er die Sache mit Gabriel Teufel, dem jungen Lehrer, nicht ganz verkraftet hatte. Teufel war immer noch ein Pflegefall, und der Chefinspektor wurde dieses unangenehme Gefühl nicht los, dass er dafür zumindest zum Teil verantwortlich war. Sein Versagen an jenem heißen Sommertag im letzten Jahr nahm er sich immer noch übel, auch wenn das Disziplinarverfahren im Herbst ihn von jeder Schuld freigesprochen hatte. Er selbst würde sich nie vergeben, dass er in diesem Moment nicht anders gehandelt hatte, dass er nicht Herr seiner Sinne gewesen war. Er hatte einen Fehler gemacht. Einen Fehler, der nicht wieder auszubügeln war. Deshalb vielleicht auch das eine oder andere Kilo Kummerspeck und das plötzliche, verstärkte Sprießen grauer Haare. Ein Hans Meierhofer wollte eben immer alles richtig machen, Perfektionismus in Reinkultur, und wurde er seinen hohen Ansprüchen an sich selbst nicht gerecht, konnte das schon zu der einen oder anderen psychosomatischen Erscheinung führen. Aber immerhin hatte er sich nach einigen Wochen Auszeit sehr zu Stefano Staudingers Freude dazu durchgerungen, wieder den Dienst anzutreten und war doch nicht in Frühpension gegangen, wie er es zumindest für einen Moment lang ernsthaft in Erwägung gezogen hatte. Er hatte also den Biss nicht verloren, auch wenn er nun eben mit ein paar Kilo mehr zubiss.

Während Meierhofer dabei zusah, wie die nigelnagelneue Espressomaschine, ein Weihnachtsgeschenk, das die Belegschaft der Außenstelle des Landeskriminalamtes Niederösterreich sich selbst gemacht hatte, die schwarze, wohlduftende, koffeinhaltige Flüssigkeit ausspuckte, die der Chefinspektor so liebte, dachte er noch einmal darüber nach, welche Gifte er so kannte. Stefano hatte vorhin die wichtigsten ohnehin genannt. Was hatte den erfolgreichen Unternehmer bloß umgebracht?

Meierhofer wollte gerade nach der Kühlschranktür greifen, um sich die für einen optimalen Kaffee in seinen Augen obligate Milch zu holen, als er eine herbe weibliche Stimme hörte: »Guten Tag, die Herren. Ich dachte, ich komme persönlich vorbei, um Ihnen die Ergebnisse der Autopsie zu präsentieren.«

Der Chefinspektor drehte sich um, musterte die wie immer atemberaubend aussehende Gerichtsmedizinerin kurz und meinte dann schmunzelnd: »Frau Doktor Grahninger, welch edler Glanz erfüllt unsere bescheidene Hütte.«

War das tatsächlich ein freundliches Lächeln, da in Geraldine Grahningers Gesicht, oder täuschte er sich? Die Medizinerin schien sich dieses Fauxpas' bewusst zu werden, wechselte wieder zum gefährlichen Kobra-Blick und erklärte: »Also, meine Herren, lassen Sie uns gleich zur Sache kommen. Ich weiß nun mit Sicherheit, woran unser Toter gestorben ist. Meine Vermutung hat sich übrigens bestätigt.«

Meierhofers Gedanken waren zynischer Natur: »*Klar, ist ja auch nicht wirklich überprüfbar, nachdem du deine Vermutung für dich behalten hast.*«

»Der Tote …«

»Diplomingenieur Kurt Pullhann«, warf Staudinger ein.

Die Gerichtsmedizinerin nickte kurz. »Natürlich, also Diplomingenieur Kurt Pullhann ist, wie ich bereits angenommen habe, an einer Vergiftung durch das Zellgift Colchicin gestorben.«

»Colchicin?« Meierhofer versuchte erst gar nicht zu verbergen, dass er mit diesem Begriff nichts anfangen konnte. Auch Staudinger war anzusehen, dass er nicht wusste, um welches Gift es sich hierbei handelte. Doktor Geraldine Grahninger genoss diesen Umstand sichtlich.

»Machen Sie sich nichts draus, meine Herren. Sie sind sicher nicht die Einzigen, denen der Name Colchicin nichts sagt. Vielleicht hilft es Ihnen ja, wenn ich Sie darauf aufmerksam mache, dass gerade Bärlauchzeit ist.«

Meierhofer ging ein Licht auf. Allerdings kam ihm Staudinger zuvor: »Sie meinen doch nicht etwa, dass Diplomingenieur Pullhann gestorben ist, weil er irgendein giftiges Kraut für Bärlauch gehalten hat?«

»Doch, so dürfte es sein. Wobei es sich nicht um irgendein giftiges Kraut handelt, das diesem Pullhann zum Verhängnis geworden ist, sondern um die Blätter der Herbstzeitlose. Sie müssen wissen, meine Herren, dass es vor allem zwei giftige Pflanzen gibt, deren Blätter dem Bärlauch ähnlich sehen, eine dieser Pflanzen ist das …«

»Maiglöckchen«, ergänzte Meierhofer.

Die Gerichtsmedizinerin nickte ein wenig erstaunt.

»Stimmt, die Blätter des Maiglöckchens gleichen den Bärlauchblättern, allerdings ist ihr Gift nicht ganz so gefährlich wie das der Herbstzeitlose. Tödliche Maiglöckchenvergiftungen sind eher selten. Das Gift der Herbstzeitlose, Colchicin, das übrigens Ähnlichkeiten mit Arsen aufweist, ist jedoch brandgefährlich. Schon drei bis vier Blätter reichen, um einen Erwachsenen ins Jenseits zu befördern. Dabei wirkt das Gift meist erst einige Stunden nach dem Verzehr. Dann kommt es zu Schluckbeschwerden, Halskratzen, Übelkeit, Erbrechen, blutigen Durchfällen, Krämpfen. Schließlich versagt der Kreislauf. Das führt dann oft erst nach zwei, drei Tagen zum Tod. Und das Schönste an dem Ganzen: Der Betroffene bleibt meist bis zum Schluss bei vollem Bewusstsein. Therapiemöglichkeiten und Heilungschancen gibt es kaum. Unser Herr Diplomingenieur wäre also wahrscheinlich auch gestorben, wenn man ihn nicht an diesen Sessel gefesselt hätte.«

Staudinger, ein bekennender Bärlauchfan, spürte, wie ihm übel wurde. Erst gestern hatte er eine Bärlauchcremesuppe zum Abendessen gehabt. Etwas blass um die Nase, ein Umstand, der dank seines naturgegebenen braun-olivfarbenen Hauttons eher selten vorkam, flüsterte er: »Das ist ja ein furchtbarer Tod.«

Doktor Geraldine Grahninger nickte. »Allerdings. Diesen Tod wünscht man nicht einmal seinen schlimmsten Feinden … nun ja, den allerschlimmsten vielleicht.«

Meierhofer dachte bereits weiter. »Was meinen Sie, Frau Doktor, ist es schwierig, einem Menschen Herbstzeitlosenblätter unterzujubeln?«

Die Gerichtsmedizinerin überlegte einen Moment und antwortete dann: »Nein, ich denke nicht. Wenn man genügend Bärlauch unter die Herbstzeitlosenblätter mischt, etwas Knoblauch dazu gibt und alles gemeinsam als Suppe zubereitet.«

Gruppeninspektor Staudinger wurde noch blasser.

»Etwas bitterer schmecken könnte die Suppe dann zwar, aber nachdem es jedes Jahr wieder Herbstzeitlosenopfer gibt, denke ich, dass man eine Verwechslung geschmacklich nicht sofort merkt. Das Erhitzen der Blätter macht diese übrigens noch gefährlicher.«

Der Gruppeninspektor spürte einen Anflug von Panik in sich hochsteigen. War seine Suppe gestern bitter gewesen? War da nicht schon ein leichtes Kratzen in seinem Hals? Staudinger stürmte zur Wasserleitung, um sich sein Halbliterglas erneut aufzufüllen.

»Alles in Ordnung, Stefano?«, fragte Chefinspektor Meierhofer, dem das Verhalten seines Kollegen seltsam vorkam, besorgt.

»Ja, ja, alles bestens«, log dieser, nachdem er gierig einen großen Schluck Wasser getrunken hatte.

»Na gut, ich muss dann wieder, meine Herren. Die Arbeit ruft. Ich lasse Ihnen den genauen Bericht hier. Den Todeszeitpunkt konnte ich mit gestern Mittag, gegen zwölf Uhr, festlegen. Nachdem es aber, wie gesagt, Tage dauern kann, bis man an einer Colchicin-Vergiftung zugrunde geht, wird es wohl etwas schwierig für Sie werden, herauszufinden, wann der Mann tatsächlich vergiftet wurde.«

Meierhofer setzte ein selbstsicheres Lächeln auf. »Keine Angst, Frau Doktor, das schaffen wir schon. Danke für Ihren Besuch. Falls es noch etwas gibt, melde ich mich bei Ihnen.«

»Tun Sie, was Sie nicht lassen können, Herr Chefinspektor. Auf Wiedersehen, meine Herren.« Die Gerichtsmedizinerin ging zur Tür. Meierhofer konnte nicht umhin, zu bemerken, dass ihre schwarze, enge Hose und der türkisfarbene Rolli, den sie trug, die Sanduhrfigur der Ärztin besonders gut zur Geltung brachten.

»*Du bist verheiratet, alter Mann!*«, schalt ihn sogleich sein Gehirn. Schon war Frau Doktor Grahninger verschwunden. Meierhofer schüttelte die Gedanken an sie ab und wandte sich wieder dem neuen Fall zu. Herbstzeitlosenblätter statt Bärlauch – Vergiftung – Tod. Das war mal ganz was anderes.

»Was für ein Glück, dass ich keinen Bärlauch mag. Ist sowieso nur irgend so ein Modekraut. Früher hat das bei uns keiner gegessen«, murmelte der Chefinspektor, während er einen Schluck von seinem Kaffee nahm. »Wui, der macht mich aber sicher schön. Eiskalt, das Gesöff.«

Staudinger, der sonst »Noch schöner wäre ja schon kitschig« oder Ähnliches geantwortet hätte, rauschte wortlos Richtung Klo ab. Seit eben mochte er Bärlauch auch nicht mehr.

3

»Also, Stefano, fassen wir mal zusammen, was wir bis jetzt wissen. Unser Vergifteter, Diplomingenieur Kurt Pullhann, war zum Zeitpunkt seines Todes zweiundsechzig Jahre alt, geschieden und Vater eines erwachsenen Sohnes, Patrick Pullhann.«

Staudinger, der immer noch etwas fahl im Gesicht war, ergänzte: »Außerdem war Pullhann ziemlich reich, das sollten wir auch nicht außer Acht lassen. Wer immer seine Erben sind, sie verdienen durch Pullhanns Tod wahrscheinlich ein kleines Vermögen. Dann wäre da noch die Kremser Villa des Toten, sein Boot, seine Autos…«

»Na ja, kein Wunder. Der Mann hat wahrscheinlich zu Lebzeiten Tag und Nacht gearbeitet. So einen Gebrauchtwagenhandel groß zu kriegen, ist sicher nicht einfach, noch dazu bei der Konkurrenz. Wie viele Gebrauchtwagenhändler gibt's im Bezirk Krems? Sechs, sieben?«

»Ich glaube eher zehn bis zwanzig, aber so genau weiß ich das nicht«, erwiderte der Gruppeninspektor.

Meierhofer grinste und meinte süffisant: »Ich vergaß, Herr Inspektor Staudinger kauft seine Autos ja immer fabrikneu.«

Der Chefinspektor verstand nicht, was einen dazu bewegen konnte, sein Geld für einen teuren Neuwagen auszugeben. Er war Zeit seines Lebens nur gebrauchte Autos gefahren und hatte das nie bereut. Aber Staudinger legte Wert auf einen schicken, fabrikneuen Wagen. Seine Autos waren stets genauso schön wie er selbst. Immer sauber, gestylt, glänzend, schnittig.

Meierhofer lenkte seine Gedanken wieder auf den aktuellen Fall: »Aber zurück zu Pullhann. Wir sollten also möglichst schnell herausfinden, wer dessen Vermögen erbt, die Verwandten und Arbeitskollegen befragen, das Übliche eben. Es muss doch jemanden geben, der ein Motiv hatte, den Herrn Diplomingenieur um die Ecke zu bringen. Gibt es eigentlich etwas Neues von den KollegInnen mit großem I der Spurensicherung?«

Staudinger kam ein Schmunzeln aus. Das erste seit dem Besuch der Gerichtsmedizinerin Grahninger. Er schüttelte den Kopf: »Nein, noch nichts. Der Täter hat gründlich gearbeitet und alle Spuren verwischt. Keine Fingerabdrücke, keine DNA-Spuren, zumindest bis jetzt noch nicht. Aber es wird weiter daran gewerkt.«

Hans Meierhofer, der gerade seinen dritten Kaffee in Folge trank und dementsprechend energiegeladen war, nickte langsam. »Das habe ich mir schon gedacht. Dann fangen wir also am besten mit Pullhanns Umfeld an. Seine geschiedene Frau wohnt in St. Pölten. Was hältst du davon, ihr einen Besuch abzustatten?«

»Gute Idee, aber ich fahre!«

»Aha, will der feine Herr nicht in meinen alten Gebrauchtwagen steigen, das merke ich mir aber«, neckte Meierhofer seinen jungen Kollegen.

Der lachte kurz auf. Die hypochondrische Bärlauchübelkeit war glücklicherweise wieder vergessen.

*

»Was wollen Sie von mir?«, biss die adrette Frau Mitte fünfzig drauflos, als sie zwanzig Minuten später Staudinger und Meierhofer durch den schmalen Türspalt musterte.

Staudinger zückte seinen Dienstausweis. »Kriminalpolizei. Das hier ist Chefinspektor Meierhofer, und mein Name ist Staudinger.«

»Gruppeninspektor Staudinger«, ergänzte Meierhofer, der seinen Ausweis nun ebenfalls in den Türspalt streckte, »hätten Sie einen Moment Zeit für uns, Frau Pullhann?«

»Kriminalpolizei? Worum geht's denn? Hat mein Sohn schon wieder etwas angestellt?«

Meierhofer zog erstaunt die Augenbrauen nach oben. Pullhann junior hatte schon öfters etwas angestellt? Wenn das keine frohe Botschaft war.

»Wissen Sie es etwa noch gar nicht?«, fragte Staudinger die schlanke Brünette, die ihnen mittlerweile die Tür komplett geöffnet hatte.

Die geschiedene Frau Pullhann sah überrascht aus, soweit man das ob des Fehlens jeglicher Mimik beurteilen konnte. Der überzogene Konsum des Nervengifts Botox hatte wohl endgültig auch in Österreich Einzug gehalten.

»Was soll ich wissen?«

Meierhofer nahm Staudinger die unangenehme Arbeit ab. Eine Todesnachricht zu überbringen, war immer furchtbar: »Nun ja, Ihr Exmann, Herr Diplomingenieur Kurt Pullhann, er ist tot.«

Die Miene der herausgeputzten Mittfünfzigerin veränderte sich kaum, was mit Sicherheit nicht nur an dem einen oder anderen Botoxspritzchen lag, mit dem ihr Gesicht bereits in Berührung gekommen war. Sie war schlicht und einfach nicht schockiert.

»Aha«, war alles, was sie zum Tod ihres Exmannes zu sagen hatte, »folgen Sie mir bitte!«

Staudinger und Meierhofer betraten hintereinander das große, helle Loft im Herzen von St. Pölten. Es war ebenso nobel und elegant eingerichtet, wie dessen Besitzerin gekleidet war.

»Bitte, nehmen Sie Platz!« Erika Pullhann deutete auf eine schwarze Ledercouch, die mitten im geräumigen Wohnzimmer stand.

»Danke.« Meierhofer und Staudinger setzten sich, während die geschiedene, beinahe Witwe sich an der Hausbar zu schaffen machte.

»Hat er sich endlich tot gesoffen, der Kurt«, meinte sie nüchtern, »wollen S' auch einen Schnaps?« Meierhofer, der strikter Antialkoholiker war, schüttelte den Kopf.

»Nein, danke.«

»Kein Alkohol im Dienst«, fügte Staudinger hinzu.

Dass Pullhann ein Säufer gewesen war, hatten sie noch nicht gewusst. Seine ehemalige Gattin schien ein ähnliches Verhältnis zum Alkohol zu haben. Sie kippte den doppelten Marillenbrand hinunter, um sich wenig später einen weiteren einzuschenken.

»Alkohol hat Ihren Exmann nicht getötet, Frau Pullhann. Er starb an einer Vergiftung, wobei Fremdverschulden nicht auszuschließen ist, deshalb sind wir hier.«

Erika Pullhann verstand. Nun machte sich doch eine Spur des Entsetzens auf dem aufgepolsterten Gesicht der Mittfünfzigerin breit.

»Kurt wurde ermordet?«, murmelte sie leise.

»Wahrscheinlich«, erwiderte Staudinger trocken, »wie war denn Ihre Beziehung zu Ihrem Exmann?«

»Sie glauben doch nicht etwa, dass ich meinen Ex umgebracht habe?«, fuhr Frau Pullhann Staudinger aggressiv an.

Meierhofer überlegte. So unwahrscheinlich war das gar nicht. Gerade Frauen mordeten gern mit Gift. Trotzdem versuchte er, die Aufgebrachte zu beruhigen: »Nein, wo denken Sie denn hin, Frau Pullhann. Wir müssen diese Fragen einfach stellen. Also, hatten Sie noch Kontakt zu Herrn Pullhann?«

Die Exfrau des Getöteten leerte erneut ihr Schnapsglas. »Nein, hatte ich nicht. Ab und zu hat er mir was auf mein Konto überwiesen, aber das war's auch schon. Ich habe Kurt gehasst. Unsere Scheidung war das, was man gemeinhin als einen Rosenkrieg bezeichnet. Es ging vor allem ums Geld. Unser Sohn war damals ja schon volljährig. Sorgerechtsprobleme hatten wir also keine, aber von seinem Geld wollte ich natürlich den mir zustehenden Anteil abhaben. Immerhin hat mich das Schwein jahrelang nach Strich und Faden betrogen. Seine letzte Freundin hätte seine Tochter sein können. Keine Ahnung, wie er es immer wieder geschafft hat, so junge Frauen abzuschleppen.«

Meierhofer dachte an den glatzköpfigen, übergewichtigen, an

einen Stuhl gefesselten Leichnam. Gut, eine Leiche war nie ein schöner Anblick, aber der Chefinspektor ging jede Wette ein, dass der Unternehmer auch zu Lebzeiten kein Adonis gewesen war. Vielleicht hatte er ja außergewöhnliche innere Werte gehabt. Vor allem die inneren Werte seiner Geldbörse waren wohl für junge Frauen attraktiv gewesen. Nun konnte sich Meierhofer auch vorstellen, warum die im Grunde sicher recht gutaussehende Frau Pullhann ihr Gesicht mit einer Überdosis Botox verunstaltet hatte. Den Partner an Jahrzehnte jüngere Konkurrenz zu verlieren, tat dem Selbstbewusstsein mit Sicherheit nicht besonders gut. Zum Glück musste er sich bei Irene da keine Sorgen machen. Sie beide hatten sich ewige Treue geschworen und diesen Schwur bis jetzt auch noch nicht gebrochen. Von sich konnte Meierhofer das mit Fug und Recht behaupten, von seiner besseren Hälfte nahm er es zumindest stark an.

Staudinger hatte eine nicht unbedeutende Frage: »Wissen Sie vielleicht, wer das Vermögen Ihres Mannes erben wird?«

Frau Pullhann, der man den Konsum des mittlerweile dritten doppelten Schnapses nicht im Geringsten anmerkte, antwortete wie aus der Pistole geschossen: »Patrick ist Kurts Alleinerbe. Darauf haben wir uns geeinigt. Wenn er sich daran gehalten hat und nicht irgendeine seiner jungen Gespielinnen in sein Testament hat schreiben lassen, dann erbt Patrick, unser einziger Sohn, alles.«

Meierhofer runzelte die Stirn. »Apropos Sohn … Sie haben vorhin gefragt, ob Ihr Sohn schon wieder etwas angestellt hat. Was hat er denn bis jetzt so angestellt, Ihr Sohn?«

Der Chefinspektor erkannte sofort, dass er keine ehrliche Antwort auf diese Frage bekommen würde. Erika Pullhanns Mutterinstinkt war geweckt worden. Sie würde ihren Sohn beschützen, so viel war klar.

»Da müssen Sie sich verhört haben, Herr Inspektor. Mein Sohn ist ein vorbildlicher Bürger unseres Landes.«

Ein vorbildlicher Bürger unseres Landes? Aus welchem Kinofilm hatte sie das denn? Patrick Pullhann hatte also mit hoher Wahrscheinlichkeit jede Menge Dreck am Stecken. Was er genau angestellt hatte, würden sie auch ohne die Hilfe seiner Mutter herausfinden.

»Kennen Sie die Hütte Ihres Mannes im Dunkelsteinerwald? Waren Sie während der letzten Tage dort?«, fragte Staudinger forschend, da er wohl auch erkannt hatte, dass es keinen Sinn machte, sich länger nach Erika Pullhanns Sohn zu erkundigen.

Die Überraschung war der Mittfünfzigerin trotz ihres äußerst straffen Gesichtes deutlich anzusehen. Ehrlich erstaunt erwiderte sie: »Die Hütte im Dunkelsteinerwald? Gibt es die denn noch? Kurt hat mir schon vor Jahren erzählt, dass er sie hat abreißen lassen. Wahrscheinlich wollte er mich damit verletzen. Wir haben in dieser Hütte unsere Flitterwochen verbracht, müssen Sie wissen.«

Meierhofer wusste nicht, warum, aber er glaubte ihr das. Sein Bauch, der meistens recht hatte, signalisierte ihm, dass Frau Pullhann in dieser Sache nicht log. Schied sie damit als mögliche Täterin aus?

»Da hat Sie Ihr Exmann angelogen, Frau Pullhann, die Hütte steht noch. In ihr wurde er ermordet«, erklärte der Gruppeninspektor kühl.

Der Chefinspektor, dem es schon wieder nach einem perfekten Latte macchiato gelüstete, stellte noch eine wichtige Frage: »Hatte Ihr Exmann Feinde?«

Erika Pullhann lachte auf. »Sie meinen außer mir? Na ja, da gibt es schon den einen oder anderen, der nicht besonders gut auf Kurt zu sprechen war. Vor allem aber sein ehemaliger Geschäftspartner, Uwe Rüttge, ein gebürtiger Deutscher, hat meinen Ex gehasst. Ich glaube, Kurt hat ihn vor einigen Jahren ziemlich übers Ohr gehauen.«

Staudinger warf Meierhofer einen fragenden Blick zu. Der nickte kurz. Das reichte fürs Erste. Sie hatten jetzt immerhin einige Spuren, denen sie nachgehen konnten.

»Danke für Ihre Hilfe, Frau Pullhann.«

Staudinger erhob sich von der bequemen Ledercouch.

Auch Chefinspektor Meierhofer stand auf. »Ich lasse Ihnen meine Karte hier, falls Ihnen noch etwas einfällt. Wir wären Ihnen dankbar, wenn Sie in der nächsten Zeit für uns erreichbar wären. Es könnte sein, dass wir noch Fragen haben.«

Erika Pullhann griff nach dem kleinen Kärtchen, das Meierhofer ihr entgegenstreckte. Ein Lächeln huschte ihr übers Gesicht, während sie erwiderte: »Keine Angst, Herr Inspektor. Ich setze mich schon nicht ins Ausland ab. Außerdem habe ich meinen Exmann nicht umgebracht. Ich habe Kurt in den letzten Jahren zwar nur noch verabscheut, aber lebendig war er für mich von größerem Wert. Sein schlechtes Gewissen hat mir doch immer wieder ein bisschen was eingebracht, Sie wissen schon, die erwähnten Überweisungen eben.« Die ehemalige Unternehmergattin goss sich einen weiteren doppelten Marillenbrand ein. Trinkfest war sie, das musste man ihr lassen.

Meierhofer nickte der Brünetten noch einmal zu, Staudinger murmelte ein: »Machen Sie sich keine Mühe, wir finden selbst hinaus.«

Als die beiden Inspektoren kurz darauf das edle Loft verlassen hatten, wehte ihnen ein erstes warmes Frühlingslüfterl entgegen.

Meierhofer klatschte in die Hände und meinte zufrieden schmunzelnd: »Weißt du was, Stefano, ich brauche jetzt einen Latte macchiato.«

»Immer diese Süchtler«, lachte Staudinger, während er sein Auto aufschloss.

Wenig später saßen die beiden zum ersten Mal in diesem Jahr im Gastgarten eines kleinen Kaffeehauses und genossen die wärmenden Strahlen der Frühlingssonne. Und Meierhofer seinen perfekten Latte macchiato.

4

Als der Chefinspektor an diesem Abend nachhause kam, strömte ihm schon im Vorgarten ein köstlicher Duft entgegen.

»Hallo, Opa! Gib mir fünf!«

»Lukas? Was machst du denn hier?«

Der sechsundfünfzigjährige Hans Meierhofer und sein elfjähriger Enkel vollführten ihr eigenwilliges Begrüßungsritual, das Lukas sich wohl aus irgendeiner amerikanischen Serie abgeschaut hatte.

»Ich schlafe heute bei euch. Mama und Papa gehen ins Kino und nachher essen, du weißt schon, wegen dieser Hochzeitstagsgeschichte.« Lukas verdrehte genervt die Augen.

Ach ja, Marianne und Karl feierten heute ihren dreizehnten Hochzeitstag, das hatte er schon wieder komplett vergessen.

»Komm, beeil' dich! Oma hat Frittatensuppe und Cordon bleu mit Pommes gemacht. Als Nachspeise gibt's Kaiserschmarren.«

Frittatensuppe, Cordon bleu, Pommes und Kaiserschmarren? Meierhofer wurde von seiner besseren Hälfte zwar grundsätzlich schon sehr verwöhnt, aber so ein Menü gab es nur, wenn die Kinder oder Lukas zu Besuch waren. Ein Festtagsmenü eben.

»Wo bleibst du denn, Hans? Wir warten schon auf dich!«, lautete Irenes etwas säuerliche Begrüßung, als der Chefinspektor hinter seinem Enkel die Küche betrat.

»Aufdecken brauchst du nicht, Opa, das hab' ich schon gemacht«, warf Lukas stolz ein.

Meierhofer gab seiner Gattin einen Kuss auf die linke Wange.

»Tut mir leid, dass es ein bisschen später geworden ist, Irene, aber der neue Fall nimmt Stefano und mich voll in Anspruch.«

»Der neue Fall? Was ist denn passiert? Und wann kommt Stefano uns wieder mal besuchen? Er ist so cool. Wenn bei uns in der Schule irgendwer blöd über Schwule redet, dann erzähl‘ ich ihm immer von Stefano, und dass er mir das Leben gerettet hat, und wie cool und lässig er ist.«

Lukas redete wie ein Wasserfall, was er von seiner Mutter hatte, was diese wiederum von ihrer Mutter hatte. Auch Irene war eine Plaudertasche, zumindest, wenn sie gut drauf war, was im Moment eher nicht der Fall war. Gerade wuselte sie hektisch durch die Küche, wie immer kurz vor dem Servieren.

»Ab jetzt, Hände waschen! Über neue Fälle und Opas Kollegen könnt ihr später reden. Schnell, sonst wird die Suppe noch kalt!«

Großvater und Enkel rauschten also beide folgsam ins Bad ab, um sich die Hände zu waschen, wenig später saßen die beiden mit Großmutter am Tisch und ließen sich die köstliche Suppe schmecken.

»Jetzt sag‘ schon, Opa, was für ein neuer Fall ist denn das? Ist wieder wer erschossen worden, oder hat jemand eine Bank überfallen?«, schmatzte Lukas aufgeregt. Das brachte ihm einen strengen Blick seiner Oma ein. »Lukas, man spricht nicht mit vollem Mund!«

Lukas stopfte sich eine Riesenportion Frittaten in selbigen und meinte zufrieden mampfend: »Ja, Oma, weiß ich eh.«

Oma beschloss, dass es keinen Sinn hatte, sich weiter über die schlechten Manieren ihres Enkels zu echauffieren, und gab Meierhofer mittels eines kurzen Nickens das Zeichen, dass er loslegen konnte.

»Ich weiß nicht, ob ich dir das wirklich erzählen soll, Lukas. Das ist ein ziemlich grauslicher Fall. Nicht, dass du Angst bekommst und heute Nacht schlecht schläfst«, meinte der Chefinspektor skeptisch.

Lukas starrte seinen Opa entrüstet an, dann protestierte er lauthals: »Opa! Ich bin doch kein Baby mehr! Wenn du wüsstest, welche argen Horrorfilme ich mir schon mit meinen Kumpels angeschaut habe! Und ich hab' noch nie einen Albtraum gehabt! Außer ein, zwei Mal vielleicht, also erzähl' schon!«

Meierhofer gab nach: »Na gut, aber du weißt, dass du nichts weiterplaudern darfst! Eigentlich ist das alles noch geheim!«

Lukas nickte eifrig.

»Unser neuer Fall ist wahrscheinlich ein Mordfall. Ein Mann in circa meinem Alter.«

»Also ein alter Mann«, warf Lukas ein.

Irene schmunzelte. Auch Meierhofer entkam ein Lächeln. »Ja genau, ein alter Mann ist vergiftet worden.«

»Krass«, war wie immer Lukas' Kommentar zur Arbeit seines Opas.

»Wisst ihr jetzt schon, welches Gift dem alten Mann«, Irene betonte die letzten beiden Worte neckisch grinsend, »zum Verhängnis geworden ist?«

Der Chefinspektor nickte.

»Colchicin«, murmelte er. Warum hatte er ein schlechtes Gewissen, wenn er in diesem Zusammenhang an Doktor Geraldine Grahninger dachte?

»Colchicin?«, entfuhr es Lukas und Irene wie aus einem Mund.

»Noch nie davon gehört«, ergänzte Letztere.

Meierhofer setzte zur Erklärung an: »Colchicin ist ein Zellgift, das in den Blättern der Herbstzeitlose vorkommt.«

»Herbstzeitlose? Das ist doch eine Pflanze, die man leicht mit Bärlauch verwechseln kann, oder? Das haben wir erst letzte Woche in Biologie gelernt. Deshalb soll man wirklich nur selbst gesammelten Bärlauch essen, wenn man sich ganz genau auskennt. Maiglöckchen schauen dem Bärlauch übrigens auch ähnlich und die Wildtulpe. Die sind alle giftig.«

Meierhofer war ehrlich erstaunt. »Da soll noch mal jemand sagen, dass man heutzutage in der Schule nichts mehr lernt.«

Lukas kombinierte weiter: »Wenn euer alter Toter Bärlauch mit Herbstzeitlose verwechselt hat und daran gestorben ist, warum war es dann wahrscheinlich Mord?«

Der Chefinspektor lief rot an. Irgendwie war ihm der Gedanke an die halb nackte Leiche vor seinem Enkel peinlich. Er beschloss, die Information, dass der Mann beinahe nackt gewesen war, für sich zu behalten: »Nun ja, der Mann war an einen Sessel gefesselt, als wir ihn entdeckt haben.«

»Oh«, war alles, was Lukas dazu einfiel, »krieg ich jetzt ein Cordon bleu, Oma? Aber bitte ein ganz großes!«

»*Kind müsste man noch mal sein*«, dachte Meierhofer. Dann meinte er lachend: »Das größte Cordon bleu bekomme aber schon ich! Immerhin bin ich mit deiner Oma verheiratet.«

Während sich der Chefinspektor sein tatsächlich unglaublich großes, mit einer sündig üppigen Portion Käse gefülltes Schnitzel schmecken ließ, musste er immer wieder an den toten Kurt Pullhann denken. Hatte dieser sich seine Henkersmahlzeit auch so richtig schmecken lassen? Dieses Teufelsmahl, das ihm schließlich einen qualvollen Tod bereitet hatte? Wer hatte ihm dieses Mahl serviert? Und warum? Was hatte dieser Pullhann nur getan, dass er in den Augen seines Mörders einen so grauenvollen Tod wie den seinen verdient hatte?

5

Gruppeninspektor Staudinger, von den obligaten Blue Jeans abgesehen, von Kopf bis Fuß in frühlingshafte Gelbtöne gekleidet und wie immer eine farblich passende Armbanduhr am Handgelenk, stieß einen leisen Pfiff aus.

»Hans, schau dir das an! Das ist ja unglaublich.«

Chefinspektor Meierhofer, der sich gerade den ersten Kaffee dieses Morgens machte, weil seine Kaffeemaschine zuhause den Geist aufgegeben hatte, ein körperliche und seelische Schmerzen verursachender Supergau, grunzte nur: »Zuerst meine morgendliche Dosis Koffein, dann deine unglaublichen Neuigkeiten. Ich muss heute unbedingt früher weg und mir eine neue Espressomaschine kaufen. Noch einen Tag ohne Koffein zum Frühstück überstehe ich nämlich nicht.«

»Deshalb haben wir immer löslichen Kaffee zuhause. Ich trink' das Zeug ja sowieso nicht, aber Dominik, der rennt ohne seinen Morgenkaffee genauso unrund wie du«, konterte Staudinger schmunzelnd.

»Tss, löslicher Kaffee? Danke für diesen großartigen Vorschlag«, murmelte Meierhofer, während er vorsichtig aus seiner übervollen Tasse schlürfte, »als ob ich mich mit derartigen Placebos zufrieden geben würde. … Also, was gibt's jetzt Unglaubliches?« Der Chefinspektor blickte Staudinger über die Schulter, direkt auf den Bildschirm dessen Computers. Auch er war erstaunt, als er erkannte, was es da zu sehen gab: »Wahnsinn! Ist das Patrick Pullhanns Vorstrafenregister?«

Staudinger antwortete unüberhörbar stolz: »Genau, das ist das Vorstrafenregister des vorbildlichen Bürgers unseres Landes.

Dank meiner Bekannten bei der Staatsanwaltschaft haben wir die Daten schneller bekommen, als ich gehofft hatte. Was hältst du von unserem Herrn Pullhann? Beachtlich die Liste, zumindest für einen Mann Mitte zwanzig, nicht wahr?«

»Allerdings, wenn das ein vorbildlicher Bürger unseres Landes ist, dann möchte ich die weniger vorbildlichen lieber erst gar nicht kennen lernen«, brummte Meierhofer, »Körperverletzung, Diebstahl, Betrug, Raub, illegales Glücksspiel, der müsste ja eigentlich die letzten Jahre ausschließlich im Gefängnis verbracht haben.«

Staudinger zuckte mit den Schultern. »Wahrscheinlich konnte sich sein Herr Papa gute Anwälte leisten. Aber immerhin hat er schon in Stein eingesessen. Wirklich vorbildlich. Laut meiner Bekannten bei der Staatsanwaltschaft ist er wohl ein exzessiver Spieler, der Herr Pullhann junior. Eine äußerst kostspielige Sucht.«

»Stimmt, davon konnte sogar Mozart schon ein Liedchen singen. Als Spielsüchtiger bist du dein Geld schneller los, als dir lieb ist. Umso unangenehmer also für Patrick Pullhann, dass er nun das Vermögen seines verstorbenen Vaters erben wird.« Meierhofer fuhr sich mit der Hand über seinen Vollbart und führte danach die *Hans*-Tasse, die er irgendwann einmal von seinen lieben Kollegen geschenkt bekommen hatte, erneut zum Mund.

»Damit ist er seine Schulden, die er als Spieler mit ziemlicher Sicherheit hat, auf einen Schlag los. Also, worauf warten wir noch? Statten wir Pullhann junior einen Besuch ab.« Staudinger war nicht mehr zu halten. Da war er wieder, der unerschöpfliche Elan, um den Meierhofer seinen jungen Kollegen phasenweise beneidete.

Trotz des nahenden Sechzigers fühlte sich aber auch der Chefinspektor in Momenten wie diesen erstaunlich energiegeladen. Er klatschte in die Hände und ergänzte: »Und fragen wir ihn, ob er während der letzten Tage zufälligerweise im Dunkelsteinerwald unterwegs war.«

*

Als Meierhofer und Staudinger an die Tür der kleinen Wohnung klopften, in der Pullhann junior laut der Polizeicomputer-Infos seit seiner Entlassung aus dem Gefängnis residieren sollte, tat sich erst einmal gar nichts. Staudinger, der die Geduld nicht gerade mit Löffeln gefressen hatte, klopfte erneut mit einer Vehemenz, die Meierhofer beinahe erschreckend fand. »Sachte, sachte, Stefano, du schlägst dem Pullhann noch die Türe ein! Wenn er nicht da ist, schauen wir halt einfach später noch einmal vorbei.«

Staudinger ließ die Faust sinken. Die beiden Inspektoren wollten gerade umdrehen, als aus dem Inneren der Wohnung Geräusche drangen. Trotzdem wurde die Türe nicht geöffnet. Das brachte den Gruppeninspektor nun erst recht zur Weißglut. Er malträtierte die Haustüre ein drittes Mal, wobei er streng »Kriminalpolizei! Machen Sie auf, Herr Pullhann! Wir wissen, dass Sie da sind!« brüllte. Staudingers Gehabe zeigte Wirkung. Schlurfende Schritte näherten sich der Tür, dann wurde ein Schlüssel zweimal umgedreht, kurz darauf stand den beiden Inspektoren ein verschlafener Mann Ende dreißig gegenüber. Er sah verwahrlost aus, seine letzte Dusche war wohl schon einige Tage her, was man auch deutlich roch, einen Frisör hatte er schon seit Monaten nicht mehr besucht, und ein Termin beim Zahnarzt war augenscheinlich seit Jahren überfällig. Stattdessen schien sich der Mann lieber beim Tätowierer seines Vertrauens aufzuhalten. Kaum ein Quadratzentimeter seiner Haut, zumindest der Bereiche, die nicht von seiner schmutzigen Unterwäsche bedeckt waren, war farbfrei. Eines war klar, das hier war nicht Pullhann junior. So schlecht konnte sich der junge Mann gar nicht gehalten haben, dass er mit Mitte zwanzig schon derartig verbraucht aussah.

»Was wollen Sie von mir?«, raunte der Typ unfreundlich.

Staudinger, der zwar sicher war, dass sie es nicht mit Patrick Pullhann zu tun hatten, fragte der Form halber nach: »Sind Sie Patrick Pullhann?«

Der Befragte grinste ein wenig, wobei der miserable Zustand seines Gebisses überdeutlich wurde, dann antwortete er überraschend eloquent: »Danke, aber die Zwanzig habe ich schon vor zwei Jahrzehnten überschritten. Nein, ich bin nicht Patrick Pullhann, und ich habe ihn auch schon seit einigen Tagen nicht mehr gesehen. Keine Ahnung, wo er hin ist.«

Meierhofer spürte, dass es hier etwas zu holen gab. Deshalb meinte er, obwohl er eigentlich kein gesteigertes Bedürfnis nach einer Wohnungsbesichtigung hatte: »Dürfen wir einen Moment reinkommen, Herr…?«

»Mühlhammer. Friedrich Mühlhammer, aber meine Freunde nennen mich Friedl.«

Meierhofer verkniff sich ein: »Danke, aber zu Ihren Freunden gehöre ich glücklicherweise nicht.« Stattdessen fragte er: »Leben Sie hier mit Patrick Pullhann?«

Friedrich Mühlhammer trat einen Schritt zurück und gewährte den beiden Kriminalinspektoren Eintritt in sein Reich. Dabei erklärte er: »Eigentlich gehört die Wohnung mir, aber der Patrick wohnt, seit er aus Stein heraußen ist, auch hier. Er, besser gesagt sein Alter, zahlt jeden Monat pünktlich seine Miete, was mir ganz recht ist. Verdiene ja sonst zurzeit nichts.«

Meierhofer ließ seinen Blick durch die kleine Wohnung schweifen, die mindestens so versifft war wie ihr Besitzer. Wie konnte man nur in so einem Chaos überleben? Überall kugelte Müll herum, die Wände waren teilweise verschimmelt, außerdem stank es abscheulich. Der Chefinspektor hatte große Mühe, sich gedanklich wieder auf Pullhann zu konzentrieren. Staudinger war da schon einen Schritt weiter: »Haben Sie irgendeine Vermutung, wo Patrick Pullhann sein könnte? Ist es schon öfters vorgekommen, dass er sich ein paar Tage nicht blicken lässt?«

Friedl Mühlhammer überlegte einen Moment, bevor er erstaunlich offen antwortete: »Nein, ich habe keinen blassen Schimmer, wo der Patrick schon wieder ist. Wissen Sie, es ist immer das Gleiche mit ihm. Er hat sich eine Zeit lang im Griff, bis er sich wieder auf ein Spielchen einlässt. Dann ist's vorbei. Sobald er wieder drin ist in dem Ganzen, sehe ich ihn tagelang nicht. Er spielt dann durch ohne Rücksicht auf Verluste. Bis er so pleite und fertig ist, dass er wieder hier angekrochen kommt. Bei mir kriegt er dann zumindest was zu essen. Ich bin ja nur froh, dass sein Alter die Miete zahlt. Der ist wenigstens zuverlässig. Hat aber auch jede Menge auf der hohen Kante liegen. Ganz anders als sein Sohnemann eben. Wenn Sie wüssten, bei wem der alles Schulden hat! Kein Wunder, dass der Patrick in Stein gelandet ist. Irgendwie muss er ja Geld auftreiben. Wenn der Patrick nicht aus diesem Teufelskreis rauskommt, wird er sicher bald wieder einsitzen. Ich hab' ihm schon tausendmal gesagt, dass er eine Therapie machen soll, aber er hört ja nicht auf mich. Dabei hat's bei mir geholfen.«

»Waren Sie auch spielsüchtig?«, fragte Meierhofer neugierig nach.

Mühlhammer nickte. »Allerdings. Ich weiß, was der Patrick durchmacht. Wie es einen kribbelt, wenn man ein Spiel in Aussicht hat. Dass man immer glaubt, dieses Mal zu gewinnen, das ganz große Geld zu machen. Aber das macht man nicht, ganz im Gegenteil. Man verliert und macht Schulden ohne Ende. Mein Glück war ja nur, dass ich von meiner Oma geerbt habe, grade, als ich ganz down war. Im Testament stand aber, dass ich eine Therapie machen muss, wenn ich das Geld haben will. War eben eine kluge Frau, meine Oma. Ich hab' also die Therapie gemacht und meine Schulden beglichen, und die Wohnung habe ich auch bekommen. Irgendwie hatte ich Skrupel, die zu verkaufen. So ist mir wenigstens ein Dach über dem Kopf geblieben. Viele haben ja nicht mal das.«

Staudinger zögerte einen Moment, bevor er einwarf: »Weil Sie grad vom Erben reden. Wissen Sie schon, dass Patrick Pullhanns Vater tot ist?«

Friedl Mühlhammer war deutlich anzusehen, dass er das bis eben nicht gewusst hatte. Er stammelte: »N…nein, das wusste ich nicht. Wer zahlt denn jetzt Patricks Miete?«

Meierhofer ignorierte Mühlhammers Frage und setzte nach: »Hat Patrick Pullhann mal erwähnt, dass er von seinem Vater erben wird? Hat er vielleicht angedeutet, dass es eine gute Idee wäre, den Alten ums Eck zu bringen, um so an sein Vermögen zu kommen?«

Mühlhammer wurde blass, soweit man das ob der vielen Tattoos in seinem Gesicht beurteilen konnte. Er zitterte auch ein wenig.

»Sie glauben doch nicht etwa, dass Patrick seinen Vater umgebracht hat?«

»Beantworten Sie meine Frage, Herr Mühlhammer!« Der Chefinspektor ließ nicht locker.

Friedrich alias Friedl Mühlhammer nickte kaum sichtbar, dann murmelte er kaum hörbar: »Ja, das hat er. ... Allerdings im Vollrausch. Ich hab' das also nicht ernst genommen. Im Rausch sagt man doch oft etwas, was man nicht so meint. ... Und jetzt ist der Alte tot, und der Patrick ist weg.«

Staudinger und Meierhofer blickten einander an. Wie es aussah, hatten sie einen flüchtigen Verdächtigen. Nun galt es, keine Zeit mehr zu verlieren.

6

»Die Fahndung ist draußen. Jetzt können wir nur noch abwarten. Dieser Patrick Pullhann muss doch zu finden sein.« Staudinger warf einen Blick auf seine schwarz-gelbe Armbanduhr. »Was, so spät schon? Wolltest du heute nicht früher weg, um dir eine neue Espressomaschine zu kaufen, Hans?«

Staudinger hatte einen wunden Punkt getroffen. Meierhofer verzog das Gesicht und raunte: »Heute Morgen war die Sachlage auch noch eine völlig andere. Und nur Warten ist für mich auch keine Option. Ich besuche noch mal die trauernde, geschiedene Witwe. Irgendwie werde ich das Gefühl nicht los, dass sie wissen könnte, wo unser Verdächtiger sich versteckt. Kommst du mit?«

Staudinger griff nach seinem Autoschlüssel. »Sicher komm' ich mit. Wir kaufen dir später auch an einer Tankstelle eine Riesendose löslichen Kaffee, versprochen.«

Der Chefinspektor gab ein verächtliches Grunzen von sich. »Placebokaffee. Na ja, immer noch besser als gar kein Koffein.«

*

Erika Pullhann war nicht gerade begeistert, als ihr die beiden Kriminalpolizisten erneut gegenüberstanden.

»Sie schon wieder. Was gibt's?«, lallte sie, anscheinend hatte sie bereits den einen oder anderen doppelten Marillenbrand intus.

Meierhofer beschloss, auf Höflichkeiten zu verzichten.

»Wir wollen wissen, wo Sie Ihren Sohn verstecken, Frau Pullhann.«

Die Mittfünfzigerin, die aufgrund der bereits stark fortgeschrittenen Alkoholisierung heute überhaupt nicht attraktiv aussah, zuckte kurz zusammen.

»K.. keine Ahnung«, stammelte sie, »ich habe Patrick schon seit ein paar Wochen nicht mehr gesehen. Außerdem weiß ich nicht, wieso Sie das interessiert. Mein Sohn ist ein vorbildlicher Bürger…«

»… unseres Landes. Ja, ja, das haben Sie uns bereits erzählt, Frau Pullhann«, ergänzte Staudinger zynisch, »so vorbildlich, dass er für seine Vorbildlichkeit vom Staat mit einem Gratis-Kuraufenthalt in der Justizanstalt Stein belohnt wurde. Also, halten Sie uns nicht zum Narren! Wir wissen, dass Ihr Sohn jede Menge Dreck am Stecken hat, und wir wissen auch, dass er zumindest daran gedacht hat, seinen Vater zu ermorden, um so an dessen Geld zu gelangen.«

Meierhofer übernahm: »Und jetzt ist Ihr Exmann tot und Ihr Sohn spurlos verschwunden. Ein seltsamer Zufall, meinen Sie nicht?«

»Sie sind doch wahnsinnig! Wollen Sie etwa behaupten, dass Patrick seinen Vater ermordet hat?! So ein Schwachsinn!«, explodierte die geschiedene Frau Pullhann.

»Langsam, langsam, Frau Pullhann, ich nehme an, Sie haben kein Interesse an einer Anzeige wegen Beamtenbeleidigung. Also, sagen Sie schon, wo ist Patrick!? Wenn er tatsächlich unschuldig ist, tut er sich doch keinen Gefallen mit diesem Versteckspiel. Dann ist es umso wichtiger, dass er mit uns spricht«, versuchte es Meierhofer ein wenig sanfter. Das zeigte jedoch nicht die geringste Wirkung. Erika Pullhann war immer noch außer Rand und Band. Trotz ihrer starken Alkoholisierung fand sie nun erstaunlich klare Worte: »Ich weiß nicht, wo Patrick ist, und mehr sage ich Ihnen auch nicht. Ich nehme an, Sie haben keinen Hausdurchsuchungsbefehl, also lassen Sie mich jetzt gefälligst in Ruhe! Ich bin eine trauernde Witwe und mache mir Sorgen um meinen Sohn, der mich schon seit Wochen nicht mehr kontaktiert hat, was ihm übrigens überhaupt nicht ähnlich sieht. Eine Schande, wie die Polizei mit unschuldigen Leuten wie mir umgeht! Auf Wiedersehen, meine Herren … oder besser gesagt, auf Nimmerwiedersehen!«

Die Tür des edlen St. Pöltner Lofts wurde den beiden Kriminalinspektoren mit vollem Karacho vor der Nase zugeschlagen.

»Von wegen trauernde Witwe und besorgte Mutter«, zischte Staudinger wütend, »glaubst du, dass wir da mit Gefahr im Verzug durchkommen?«

Meierhofer schüttelte den Kopf. »Dazu sind unsere Vermutungen zu vage. Wir sollten also besser schauen, dass wir einen Durchsuchungsbefehl bekommen. Das kann doch kein Problem sein, oder? Immerhin hast du ja beste Kontakte zur Staatsanwaltschaft.«

Staudinger zuckte mit den Schultern. »Ob uns die in diesem Fall was bringen? Aber ich probier's. Und danach kaufen wir dir deinen löslichen Kaffee. Das könnte noch ein langer Arbeitstag werden. Einen starken Kaffee wirst du morgen früh also mit Sicherheit brauchen, alter Mann.«

»Danke, ich hab' dich auch lieb«, konterte Meierhofer schmunzelnd, bevor sein Gehirn sich wieder dem Fall zuwandte. Was hatten sie momentan? Einen Toten, einen flüchtigen Verdächtigen und dessen renitente Mutter, die sie nicht in die Wohnung ließ. Das konnte tatsächlich noch ein langer Arbeitstag werden.

*

Stunden später hatte sich der Status Quo der Ermittlungen leider nicht im Geringsten verändert.

»Keine Spur von Patrick Pullhann, keine neuen Erkenntnisse der Spurensicherung und keine anders geartete Erleuchtung. Ich glaub', ich geh' nachhause«, seufzte Meierhofer, der hundemüde und schwer enttäuscht, eigentlich schon eher frustriert war.

Auch Staudinger war nicht viel motivierter: »Gute Idee. Schlafen wir uns aus und gehen es morgen in alter Frische wieder an. So kommen wir nicht weiter. … Dein Handy läutet, Hans!«

»Meierhofer«, bellte der Chefinspektor, der sich wie so oft erst gar nicht die Mühe machte, seinen Unmut über die späte Störung zu verbergen. Doch die Stimmung des Chefinspektors änderte sich schlagartig. Sie schlug in Entsetzen um.

»Das ist nicht Ihr Ernst, oder? Aber wir waren doch gerade erst bei ihr! Okay, wir kommen, so schnell wir können.« Meierhofer ließ sein Handy sinken. »Den Hausdurchsuchungsbefehl können wir uns sparen. Das waren eben die Kollegen aus St. Pölten. Erika Pullhann ist tot.«

7

»Herr Chefinspektor Meierhofer, fischen Sie in fremden Gewässern?«

»Das Gleiche wollte ich Sie auch gerade fragen, Frau Doktor Grahninger. Die Tote ist die Exfrau unseres Vergifteten, aber ich nehme an, das wissen Sie bereits.«

Die Ärztin richtete sich auf und blickte Meierhofer direkt in die Augen, was bei diesem ein mulmiges Gefühl in der Magengegend verursachte. Wieder einmal dachte er besonders bewusst an seine Ehefrau, die zuhause auf ihn wartete.

Geraldine Grahninger zauberte ihr Kobra-Lächeln hervor und antwortete: »Auch wenn ich eine Frau bin...«

»*Eine besonders attraktive noch dazu*«, ergänzte Meierhofer in Gedanken.

»...also ausschließlich über X-Chromosome verfüge, so bin ich dennoch nicht auf der viel zitierten Nudelsuppe dahergeschwommen, Herr Chefinspektor. Also bitte, sparen Sie sich in Zukunft derartige Aussagen. Sie geben mir sonst das Gefühl, dass Sie mich nicht für voll nehmen, und das kann ich gar nicht leiden.«

Meierhofer spürte, wie ihm heiß wurde. Der Frau Gerichtsmedizinerin hatte er wenig entgegenzusetzen. Er beschloss, es mit einer Entschuldigung zu versuchen und dann schnell vom Thema abzulenken: »Tut mir leid, Frau Doktor. War nicht so gemeint. Aber zurück zu Frau Pullhann. Wissen Sie schon, woran sie gestorben ist?«

»Allerdings, ist auch kaum zu übersehen. Kommen Sie am besten mit!« Doktor Geraldine Grahninger, die gerade noch vor dem Wohnhaus, in dem sich Erika Pullhanns Loft befand, eine geraucht hatte, betrat nun eben dieses. Meierhofer folgte ihr, dahinter trottete Staudinger her, der sich wieder einmal über die seltsamen Schwingungen zwischen seinem Chef und der Gerichtsmedizinerin wunderte.

Meierhofers angedachtes »Wo liegt denn die Leiche?« erübrigte sich nach Betreten des Hauses. Erika Pullhanns sterbliche Überreste erstreckten sich über den Großteil der Stiege, die zu ihrem Loft führte. Sofort stach ihnen der seltsame Winkel, in dem ihr Kopf auf einer der Stufen ruhte, ins Auge.

»Genickbruch«, lautete Staudingers trockener Kommentar.

Die Gerichtsmedizinerin nickte anerkennend. »Exakt, Gruppeninspektor Staudinger. Erika Pullhann ist vor etwa zwei Stunden die Stiege hier runtergefallen und hat sich infolgedessen das Genick gebrochen.«

»Vor zwei Stunden? Dann waren wir beide vielleicht die Letzten, die sie lebend gesehen haben. Wann haben wir St. Pölten wieder verlassen, Stefano? So gegen fünf?«

»Zehn nach fünf, um genau zu sein«, erwiderte der Gruppeninspektor wie aus der Pistole geschossen.

»Wie ich sehe, sind Ihre zahlreichen Uhren nicht nur dekorativ, sondern sogar nützlich«, ätzte Geraldine Grahninger. Wieder einmal wurde Staudinger bewusst, dass er diese Frau nicht besonders mochte.

Meierhofer, der die Spannung, die sich zwischen seinem Kollegen und der Gerichtsmedizinerin aufbaute, deutlich spüren konnte, warf ein: »Zehn nach fünf. Das heißt, Frau Pullhann war nach unserem Besuch etwa noch eine Dreiviertelstunde am Leben. War übrigens sternhagelvoll, die Gute, als wir mit ihr gesprochen haben.«

Frau Doktor Grahninger schien das nicht zu überraschen: »Das dachte ich mir schon. Den genauen Blutalkoholwert muss ich erst bestimmen, aber dass diese Pullhann eine Schnapsdrossel war, war mir gleich klar. Außerdem haben Ihre Kollegen in der Wohnung eine leere Marillenbrandflasche und ein benutztes Schnapsstamperl gefunden. Also, ich gehe davon aus, dass sich Frau Pullhann betrunken hat, dann aus irgendeinem Grund ihr Loft verlassen wollte und daraufhin im Vollrausch die Stiegen hinabgestürzt ist. Dabei ist sie dann halt blöd aufgekommen. So ein Genick ist schneller gebrochen, als man glaubt.«

Staudinger sprach aus, was auch Meierhofer dachte: »Kann es nicht sein, dass Erika Pullhann die Stiegen runtergestoßen wurde? Vielleicht hat jemand ein wenig nachgeholfen, um sie loszuwerden?«

Auf Grahningers Gesicht machte sich erneut das eiskalte Lächeln breit, das Staudinger so überhaupt nicht leiden konnte. Die Gerichtsmedizinerin fixierte den Gruppeninspektor mit ihrem einschüchterndsten Blick und flötete zynisch: »Herr Inspektor Staudinger, das war jetzt aber eine rhetorische Frage, nicht wahr?« Ihre Stimmfarbe schlug um, nun hatte sie etwas Bedrohliches: »Natürlich könnte Erika Pullhann auch gestoßen worden sein! Aber hellsehen kann ich leider noch nicht! Also, fragen Sie mich bitte nicht, ob man Fremdverschulden ausschließen kann. Das weiß nämlich allein der da oben«, sie zeigte Richtung Himmel, »und vielleicht bald auch die Kolleginnen und Kollegen von der Spurensicherung.«

Staudinger, der an Meierhofers KollegInnen mit großem I denken musste, konnte nicht anders. Ein Grinsen kam ihm aus. Das brachte Grahninger nun endgültig in Rage: »Ach, wissen Sie was! Machen Sie Ihre Arbeit und stören Sie mich nicht bei meiner! Falls ich irgendetwas herausfinden sollte, das für Sie von Bedeutung sein könnte, gebe ich Ihnen Bescheid. Auf Wiedersehen, meine Herren!«

Staudinger zuckte mit den Schultern.

»Na, dann lass uns doch die Kolleginnen und Kollegen von der Spurensicherung fragen, ob sie schon etwas wissen«, schlug er Meierhofer schließlich immer noch schelmisch grinsend vor.

Auch der Chefinspektor schmunzelte ein wenig, als er an der Leiche vorbei Richtung Loft marschierte. Doktor Geraldine

Grahninger war wirklich eine eigenwillige Frau. Eine eigenwillige Frau, die aber durchaus ihre Reize hatte.

*

Spätabends betrat Meierhofer das Einfamilienhaus, das er mit Hilfe seiner Verwandten vor einigen Jahrzehnten selbst gebaut hatte. Er war müde, erschöpft, kaputt, ausgelaugt, und er spürte wieder einmal deutlich, dass er alt wurde. Warum versiegte diese magische Energiequelle, die Leute wie Stefano frisch und munter hielt, sobald man die Vierzig überschritten hatte, allmählich? Mit seinen sechsundfünfzig Jahren konnte er froh sein, wenn ab und zu noch ein kleines Tröpfchen, ein klitzekleines Fünkchen dieser Energie für ihn abfiel. Seine Akkus waren einfach viel zu schnell leer. Und momentan mussten sie dringend aufgefüllt werden.

Der Chefinspektor ging, so leise er konnte, in die Küche. Wie er erwartet hatte, schlief Irene bereits, und er wollte sie nicht wecken. Auch sie hatte ein Recht darauf, ihre Akkus wieder aufzuladen. Obwohl Irene im Gegensatz zu ihm eigentlich noch vor Energie sprühte, wie auch immer sie das anstellte. Meierhofer schlich auf den Kühlschrank zu, in der Hoffnung, darin etwas zu finden, das das wütende, hungrige Raubtier in seinem Magen besänftigen würde. Meierhofer wollte gerade die Tür des gewaltigen Kühlgerätes öffnen, als sein Blick auf die Arbeitsfläche zu seiner Linken fiel. Was war denn das, da, rechts neben der Brotschneidemaschine? Das Herz des Chefinspektors machte einen kleinen Freudensprung. Der ältere Mann fühlte sich plötzlich wie ein kleines Kind, dem man ein Hundebaby geschenkt hatte. Glücklich! Einfach nur glücklich! Da stand sie: eine Espressomaschine! Eine wunderschöne, nagelneue, sicher furchtbar teure Espressomaschine. Vorsichtig strich Meierhofer mit seiner rechten Hand über das weinrote Gerät, beinahe so, als würde er es streicheln. Dann griff er nach dem knallrosa Post-it in der Form eines Mundes, das daran klebte.

Für meinen Süchtler! Hab dich lieb, Irene

Ein Lächeln huschte über Hans Meierhofers Gesicht. Irene, sie war die Beste. Kurz erschien Doktor Geraldine Grahninger vor seinem inneren Auge, doch er wischte diesen Gedanken rasch wieder weg. Er hatte seine Irene. Mehr wollte er nicht. Mehr hatte er nie gewollt. Keine kam an sie heran und Keine konnte sie ersetzen. Auch nicht eine atemberaubend gutaussehende Gerichtsmedizinerin.

»Na, dann wollen wir dich mal einweihen«, murmelte der Chefinspektor leise, während er die neue Espressomaschine in Gang setzte. Wenig später saß er mit einer Tasse perfekten Kaffees und einem überdimensional belegten Brot am Küchentisch und ließ sich noch einmal den neuen Fall durch den Kopf gehen.

Stefano und er hatten nach Erika Pullhanns Tod sofort die gleiche Vermutung gehabt. Sie gingen davon aus, dass die Mittfünfzigerin keineswegs Opfer eines schrecklichen Unfalls geworden war. Vielmehr glaubten sie, dass der wahrscheinlich schwer verschuldete Patrick Pullhann erst auf grauenvolle Art und Weise seinen Vater getötet hatte, in der Hoffnung, dessen gesamtes Vermögen zu erben. So weit, so gut, zumindest aus Patrick Pullhanns Sicht. Doch dann musste irgendetwas schiefgelaufen sein. Entweder hatte Diplomingenieur Kurt Pullhann kurz vor seinem Tod sein Testament geändert oder Erika Pullhann ihren Sohn erpresst. Vielleicht hatte sie ihn auch dazu überreden wollen, sich doch der Polizei zu stellen, oder Pullhann junior hatte es auch noch auf das Loft seiner Mutter abgesehen. Auf jeden Fall war sie ihrem Sohn lästig oder zur Gefahr geworden, weshalb dieser sie die Treppe zu ihrer Wohnung hinuntergestoßen hatte.

Meierhofer war sich ziemlich sicher, dass sich Patrick Pullhann im Loft seiner Mutter befunden hatte, als Staudinger und er die Frau zuletzt gesehen hatten. Und für ihn war auch klar, dass sie es mit einem zweifachen Mord und somit mit einem flüchtigen zweifachen Mörder zu tun hatten, aber beweisen konnten er und Staudinger das natürlich nicht. Es würde noch ein gewaltiges

Stück Arbeit werden, Patrick Pullhann dieser Taten zu überführen. Und, was noch viel dramatischer war, es würde nicht leicht werden, den Flüchtigen zu fassen. Meierhofer ging davon aus, dass Pullhann auch für andere potenziell gefährlich war. Wer es übers Herz brachte, seine Eltern zu ermorden, dem war in den Augen des Chefinspektors auch noch anderes zuzutrauen. Vielleicht sogar noch Schlimmeres. Wenn es überhaupt etwas Schlimmeres gab. Sie mussten Pullhann junior finden, bevor dieser ein weiteres Gewaltverbrechen beging.

Aber davor musste er noch seine Akkus aufladen. Und das tat er am besten tief schlafend neben seiner Gattin im gemütlichen Ehebett.

8

»Morgen, Hans. Hast du genauso schlecht geschlafen wie ich?« Stefano Staudinger sah heute beinahe zerknautscht aus, etwas, das bei ihm eine absolute Seltenheit war. Meierhofer, der trotz des unwiderstehlichen, nächtlichen Kaffees aus seiner neuen Espressomaschine geschlafen hatte wie ein Stein, schüttelte verneinend den Kopf. »Nein, wieso sollte ich schlecht geschlafen haben?«

»Na, wegen unseres aktuellen Falls. Ich habe mir stundenlang darüber das Gehirn zermartert, wie das alles zusammenpassen könnte, also, wenn unsere Vermutung stimmen sollte, dass Patrick Pullhann seine Eltern auf dem Gewissen hat. Weißt du, was mir nicht eingeht? Warum hat Pullhann junior seinen Vater auf diese grauenvolle Art und Weise umgebracht, seine Mutter aber einfach die Treppe hinuntergestoßen? Das ergibt doch keinen Sinn.«

Der Chefinspektor, der dank seines exzellenten Morgenkaffees gut gelaunt und voll motiviert war, setzte dem entgegen: »Es ergibt dann Sinn, wenn man davon ausgeht, dass Patrick Pullhann seinen Vater abgrundtief gehasst hat, seine Mutter aber grundsätzlich nicht. Vielleicht wollte er ihn quälen, während er seine Mutter einfach nur aus dem Weg räumen musste.«

Gruppeninspektor Staudinger zuckte mit den Schultern. Er war immer noch unschlüssig, was das anging. Umso mehr verwunderte ihn das sichere Auftreten seines Chefs: »Sag mal, warum bist du heute eigentlich so gut drauf, alter Mann?«

Meierhofer überhörte das *alter Mann* und erklärte: »Irene hat mir gestern noch eine neue Espressomaschine gekauft. Eine ganz tolle, weinrote. Ich sag' dir, die spielt alle Stückerln. Ein Traumgerät.«

»Wenn du deine Irene nicht hättest. Womit hast du dir eine Frau wie sie eigentlich verdient?«

Gute Frage.

»Aber zurück zu den Pullhanns. Wenn es so ist, wie du sagst, Hans, und Patrick Pullhann seinen Vater abgrundtief gehasst hat, dann verstehe ich aber nicht, warum dieser ihm regelmäßig die Miete bezahlt hat. Ich investiere doch nicht jede Menge Geld in eine Person, mit der ich nicht klarkomme und die mich augenscheinlich nicht ausstehen kann. Auch nicht, wenn diese Person mein Sohn ist, oder?« Staudinger griff nach der Tasse, die auf seinem Schreibtisch stand, nahm einen kräftigen Schluck daraus und verzog dann angewidert das Gesicht.

Als er die Tasse wieder abstellte, bemerkte Meierhofer, was darin war. »*Du* trinkst Kaffee?«, entfuhr es ihm.

Der Gruppeninspektor fühlte sich ertappt: »Nach dieser Nacht brauche sogar ich ein bisschen Doping. Obwohl mir das Gebräu absolut nicht schmeckt. Ich kann gar nicht verstehen, warum du so heiß drauf bist. Aber bitte, du verstehst ja auch nicht, warum ich abends gern ein gutes Glas Wein trinke. Jedem seine Sucht.«

Dem Chefinspektor kam ein Grinsen aus. »Sucht? Du übertreibst schon wieder maßlos, Stefano. Ich bin nicht süchtig nach Kaffee! Ich kann nur ohne das Zeug nicht leben. ... Aber was die Sache mit der Miete angeht... Vielleicht hatte Kurt Pullhann einfach ein schlechtes Gewissen seinem Sohn gegenüber. Weil er ihn vernachlässigt hat, oder wegen der Scheidung, oder möglicherweise auch wegen dessen Spielsucht, aus der er ihm nicht heraushelfen konnte. Die Bindung zum eigenen Kind ist etwas ganz Besonderes, als Elternteil macht man Dinge, die für Außenstehende abwegig erscheinen. Insofern kann ich schon verstehen, dass Pullhann senior die Miete seines Sohnemannes bezahlt hat.«

»Kann schon sein, ich finde das trotzdem alles irgendwie seltsam. Vielleicht haben wir uns auf den Falschen eingeschossen. Sollten wir nicht auch noch der Sache mit Kurt Pullhanns ehemaligem Geschäftspartner, diesem Uwe Rüttge, nachgehen? Wenn

Pullhann senior ihn wirklich übers Ohr gehauen hat, dann hatte der doch auch ein schönes Mordmotiv: Rache«, konterte Staudinger skeptisch.

Der Chefinspektor schien von Staudingers Einwänden wenig zu halten: »Und wie passt dann Erika Pullhanns Tod ins Bild?«

»Der war möglicherweise doch nur ein Unfall. Immerhin hatte die Frau beinahe drei Promille Alkohol im Blut, wie Doktor Grahninger mir eben am Telefon mitgeteilt hat. Sie geht übrigens auch nicht von Fremdverschulden aus.« Staudinger trank noch einen Schluck Kaffee. Man sah ihm an, dass er dabei wenig Genuss empfand. »Nächstes Mal kaufe ich mir einen Energydrink«, murmelte er leise.

»Frau Doktor Grahninger hat angerufen? Und warum weiß ich davon noch gar nichts?«, hakte Meierhofer nach.

»Weil du gerade erst gekommen bist«, Staudinger klang ein wenig beleidigt, »… also bitte, noch mal der Vollständigkeit halber: Doktor Geraldine Grahninger hat mich angerufen, um mir mitzuteilen, dass Erika Pullhann 2,98 Promille im Blut hatte und das anscheinend auf nüchternen Magen, außerdem ist sie eindeutig an dem Genickbruch gestorben, weshalb die Frau Doktor Fremdverschulden ausschließt. Mehr kann ich dir auch nicht sagen.«

Meierhofer musste diese Frage einfach stellen, auch wenn sie im Grunde wenig Sinn machte: »Und warum wollte Doktor Grahninger nicht mit mir sprechen?«

Der Gruppeninspektor sah seinen Chef erstaunt an. »Du warst nicht da, Hans, außerdem hat sie gar nicht nach dir gefragt. War wohl in ihren Augen nicht so wichtig, die Information, dass sie direkt an den Chefinspektor hätte übermittelt werden müssen. Ich war anscheinend gut genug für den Empfang dieser semiwichtigen Nachricht. … Weißt du eigentlich, dass du dich ziemlich eigenartig benimmst, wenn es um diese Frau Doktor Grahninger geht?«

Meierhofer spürte, dass er rot wurde. Warum bloß das jetzt? Er war doch kein Teenager mehr und das seit Jahrzehnten. Ein wenig zu erregt schoss er zurück: »So ein Blödsinn! Ich benehme mich überhaupt nicht eigenartig! Es wundert mich einfach, dass sie sich mit diesen Informationen nicht an mich gewandt hat! Immerhin bin ich hier der Chef!«

Stefano Staudinger schnappte nach Luft. Er überlegte einen Moment, dann erwiderte er: »Klar, du bist hier der Chef. Ich bin nur der schwule Ausländer, der nichts zu melden hat. In Zukunft gehe ich am besten gar nicht mehr ans Telefon. Ich fahr' jetzt weg, möchte einem Verdacht nachgehen. Bis später.«

Wütend griff der Gruppeninspektor nach seinem Autoschlüssel. Kurz darauf war er verschwunden.

»Geh' nur«, raunte Meierhofer, der plötzlich überhaupt nicht mehr gut gelaunt war, während er seinen Computer hochfuhr. Sollte Stefano nur irgendwelchen Vermutungen nachgehen. Er hatte die seinen. Und er benahm sich nicht eigenartig, wenn es um Doktor Geraldine Grahninger ging!

*

Gruppeninspektor Stefano Staudinger lenkte seinen Sportwagen weit über der erlaubten Höchstgeschwindigkeit durch die Wachau. Er war sauer! Was immer das zwischen dieser Grahninger und seinem Chef war, es nervte ihn gewaltig, weil es Hans veränderte. Er konnte aber keinen veränderten Hans gebrauchen! Der schadete nämlich dem Arbeitsklima.

Der Gruppeninspektor stieg noch ein wenig mehr aufs Gas, sein Ziel klar vor Augen. So klar, dass er sogar das Meer an Marillenblüten nicht wahrnahm, das jedes Jahr Touristen aus aller Welt in die Wachau lockte. Die berühmte Wachauer Marillenblüte, die heuer schon ein wenig spät dran war, war aber auch ein einzigartiges Ereignis. Über hunderttausend Bäume, deren weiß-rosa Blüten einen süßlichen Duft verströmten.

Staudinger schenkte nicht einem von ihnen Beachtung. Er raste blind durch das einzigartige Weltkulturerbe, in dem er lebte und arbeitete, so wie das jeden Tag sicher auch Tausende andere taten.

Als der Sportwagen auf einer Forststraße durch den Dunkelsteinerwald kurvte, hatte sich Staudingers Wut in eine Mischung aus Aufregung und Unsicherheit verwandelt. Tat er das Richtige? War seine Vermutung nicht einfach nur absurd? Ging er möglicherweise sogar ein unkalkulierbares Risiko ein? Bereits mehrere hundert Meter von seinem Ziel entfernt parkte der junge Gruppeninspektor seinen Wagen am Straßenrand. Den Rest des Weges würde er lieber zu Fuß gehen. Er wollte nicht entdeckt werden, wenn es da überhaupt jemanden gab, der ihn entdecken konnte. …

*

Staudinger näherte sich vorsichtig der in eigenwilligem Grün gehaltenen Hütte, deren Betreten ihm einige Tage zuvor gewaltige Übelkeit beschert hatte. Auch jetzt war ihm schlecht. Er wusste nicht, warum, aber sein Bauch sagte ihm, dass er hier fündig werden würde.

»Der Täter kehrt immer zum Tatort zurück«, flüsterte der Gruppeninspektor in sich hinein, »wie bescheuert bist du eigentlich, Stefano, dass du plötzlich an so etwas glaubst? Na, wenigstens hast du niemandem von deinem Verdacht erzählt. Du blamierst dich also nicht völlig, wenn du mit deiner Waffe in der Hand durch den Wald läufst.«

Seine Dienstwaffe? Hatte er die überhaupt dabei? Das Herz schlug dem Halbitaliener bis zum Hals, als er den Sitz seiner Waffe überprüfte. Jener Waffe, die er an sich nicht benutzen wollte, die ihm aber ein gewisses Gefühl der Sicherheit vermittelte. Ein Griff – da war sie. Einen Moment lang überlegte Staudinger, ob er sie tatsächlich in die Hand nehmen sollte, beschloss dann aber, dass das wohl übertrieben, um nicht zu sagen paranoid wäre. Er näherte sich der Tür, die von den Kollegen der Spurensicherung eigentlich versiegelt worden war. Sofort fiel ihm auf, dass jemand an der Versiegelung hantiert hatte. Das spezielle Klebeband, das jede Form der Manipulation daran durch Farbveränderung klar deutlich machte, war abgezogen worden. Jemand hatte sich am Siegelband zu schaffen gemacht, das hieß wahrscheinlich auch, dass dieser Jemand in der Hütte gewesen war oder sich sogar immer noch darin befand. Staudinger fand, dass es nun nicht mehr paranoid war, die Dienstwaffe zu zücken. Er brach die Versiegelung ein Stück weiter auf und öffnete vorsichtig die Hüttentür. Dabei rief er, das Zittern in seiner Stimme so gut wie möglich kontrollierend: »Kriminalpolizei! Wir wissen, dass Sie hier sind! Kommen Sie mit erhobenen Händen raus!«

Nichts rührte sich. Hatte er sich etwa doch getäuscht? Ging das aufgebrochene Siegelband auf die Rechnung eines schlampigen Kollegen? Nein, das konnte nicht sein. Der Gruppeninspektor holte tief Luft, dann drang er in das Innere der Waldhütte vor, wobei er sich nervös umsah. Es war dunkel hier herinnen. Furchtbar dunkel! Staudinger tastete nach einem Lichtschalter, bis ihm einfiel, dass sich die Kollegen der Spurensicherung einige Tage zuvor darüber beschwert hatten, dass die Hütte von jeglicher Stromversorgung abgeschnitten war.

Staudinger versuchte es noch einmal mit der Einschüchterungstaktik: »Kriminalpolizei! Wir wissen, dass Sie sich hier verstecken! Stellen Sie sich, dann passiert Ihnen nichts!«

»*Machen Sie dem Verdächtigen klar, dass Sie nicht alleine sind, auch wenn das nicht der Fall sein sollte*«, schoss ihm der Rat eines Kollegen aus seinen Anfangszeiten durch den Kopf. Ein Rat, dessen Befolgung in diesem Moment absolut nichts bewirkte. Die Hütte schien immer noch menschenleer zu sein. Doch der Gruppeninspektor traute dem vermeintlichen Frieden nicht. Langsam ging er auf den Sessel zu, auf dem Diplomingenieur Kurt Pullhann seine letzten, grauenhaften Stunden verbracht hatte. Ein kalter Schauer lief ihm über den Rücken, als er an die Leiche dachte und an all das, was der arme Mann vor seinem Tod erlitten hatte. Die Gedanken an Kurt

Pullhann lenkten Staudinger für den Bruchteil einer Sekunde ab. Von dem, worauf er sich eigentlich hatte konzentrieren wollen. Das, was um ihn herum geschah. Als er das Geräusch hinter sich wahrnahm, war es zu spät. Etwas Hartes landete auf seinem Hinterkopf. Er spürte noch den stechenden Schmerz, dann wurde es schwarz um Gruppeninspektor Stefano Staudinger.

9

Als Staudinger wieder zu sich kam, sah er verschwommen zwei Gestalten vor sich. Der Gruppeninspektor versuchte, sich ein wenig aufzurichten, was ihm ein wütendes Pochen im Hinterkopf einbrachte. Er ignorierte den Schmerz und heftete seinen Blick auf die zwei, die einige Meter von ihm entfernt standen.

Langsam wurde die Sicht klarer, aber nicht klar genug. Staudinger spürte die Panik, die sich in ihm breitmachte. Er war in der Gewalt zweier Menschen, die er nicht genau erkennen konnte, die der Statur nach aber mit aller Wahrscheinlichkeit kräftige Männer waren. Wo hatte er sich da bloß hineingeritten? Wie dumm war er gewesen, gegen jegliche Vernunft einen derartigen Alleingang zu wagen?

Als eine der beiden Personen auf ihn zukam, zuckte der junge Kriminalpolizist unwillkürlich zusammen. Er hatte Angst, furchtbare Angst! Erneut quälten ihn rasende Kopfschmerzen, weshalb er ein leises Stöhnen ausstieß. Verzweifelt suchte er mit zitternden Händen den Boden um sich herum nach seiner Dienstwaffe ab, aber er konnte sie nicht ertasten. Er war erledigt, am Ende! Nun hatte der eine Typ ihn erreicht. Er streckte seine Hand aus und packte ihn sanft an der Schulter.

»Stefano, du bist wieder bei Bewusstsein! Gott sei Dank! Mach so etwas nie wieder, hörst du! Du hast mir einen gewaltigen Schrecken eingejagt! Das ist gefährlich in meinem Alter. Oder willst du mich etwa in den Herzinfarkt treiben, damit ich krankheitshalber in Frühpension gehe? … Hättest es wohl leichter ohne mich. Tut mir leid, dass ich vorhin so dumm war.«

Mit einem Mal war die Panik, die den jungen Gruppeninspektor überfallen hatte, wie weggeblasen. Er konnte zwar immer noch nichts sehen, wusste nun aber zumindest, wer eine der beiden Personen war, die sich mit ihm in der Hütte aufhielten. Wenn er noch in der Waldhütte war. Diese sonore Stimme gehörte eindeutig zu Hans Meierhofer. Und noch nie hatte er sich so darüber gefreut, die Stimme seines Chefs zu hören, wie in diesem Moment.

»Hans, was machst du denn hier?«, brachte er krächzend hervor.

»Dich retten, was sonst. Ach ja, und Patrick Pullhann habe ich auch geschnappt. Ich habe ihn mit meinen Handschellen dort drüben befestigt. War nicht sehr nett von ihm, dass er dir einen Golfpokal seines Vaters über den Schädel gezogen hat. Dafür sieht der übrigens noch überraschend gut aus, der Schädel, meine ich. Ich wusste schon immer, dass du ein Dickkopf bist. Tut's sehr weh?«

Staudinger versuchte zu nicken, was augenblicklich mit einem erneuten Aufblitzen der höllischen Schmerzen bestraft wurde. Leise presste er ein: »Ja, das tut es. Und ich sehe alles ganz verschwommen.« hervor.

Meierhofer hockte sich hinter seinen Kollegen, um diesem die richtige Schocklagerung zu erleichtern. Bei Kopfverletzungen war es wichtig, den Kopf hoch zu lagern. Dabei hatte der Chefinspektor aber stets Patrick Pullhann genau im Auge, der allerdings ohnehin nicht flüchten konnte.

»Zuerst ein Kopfverband, dann die stabile Seitenlage, jetzt korrekte Schocklagerung durch Hochlagerung des Kopfes. Das ist ja fast wie der Praxisteil eines Erste-Hilfe-Kurses. Na ja, wenigstens ist der Erste-Hilfe-Kasten aus meinem Auto endlich einmal zum Einsatz gekommen. .... Deine Intuition ist übrigens ein Wahnsinn, mein Lieber. Da läuft eine landesweite Fahndung nach Herrn Pullhann, und ausgerechnet du findest ihn, noch dazu am Tatort.«

»Ich hab' mit dem Tod meines Vaters nichts zu tun!«, protestierte Patrick Pullhann, ein überraschend attraktiver, junger Mann, lauthals.

Chefinspektor Meierhofer warf dem Verdächtigen einen vernichtenden Blick zu und konterte trocken: »Das können Sie uns alles später auf dem Revier erzählen, Herr Pullhann. Jetzt kümmere ich mich erstmal um meinen Kollegen. Egal, welche Rolle Sie bei der Ermordung Ihres Vaters spielen, Sie haben einen Polizisten tätlich angegriffen und schwer verletzt. Bei Ihrer Vorgeschichte bringt Ihnen das sicher einen weiteren, staatlich subventionierten Kuraufenthalt in Stein ein.«

Pullhann setzte zu einer Antwort an, überlegte es sich dann aber anders.

Meierhofer wandte sich seinem verletzten Kollegen zu: »Die Rettung ist übrigens schon informiert. Kann nicht mehr lange dauern, bis die da sind.«

Staudinger lehnte mit geschlossenen Augen an Meierhofers Brust und versuchte, so ruhig wie möglich ein- und auszuatmen. Er versuchte, an nichts zu denken, da selbst das Denken weh tat, eine Frage ging ihm aber nicht aus seinem ramponierten Kopf.

»Wieso bist du hergekommen? Woher hast du gewusst, dass ich hier bin?«, flüsterte er schließlich gequält.

»Ich kann hellsehen, mein Lieber«, antwortete der Chefinspektor lächelnd, »obwohl, eigentlich liegt es eher daran, dass ich das hier auf deinem Schreibtisch gefunden habe. Habe wieder einmal nach einem funktionierenden Kugelschreiber gesucht. Also, nicht, dass du glaubst, ich hab‘ dir hinterhergeschnüffelt.« Meierhofer wühlte nach einem neongrünen Post-it, das er in seine Hosentasche gesteckt hatte, und klebte es nach dessen Auffinden seinem Kollegen auf die Hand. Auf dem kleinen Zettel standen, in Staudingers vorbildlicher Handschrift geschrieben, drei Wörter: *Patrick Pullhann – Hütte?*

Staudinger gab ein gurgelndes Geräusch von sich, das beinahe nach einem Lachen klang. Allerdings ging es im Sirenengeheul des nahenden Krankenwagens unter.

*

»Wenn ich's Ihnen doch sage. Ich habe nichts mit dem Tod meines Vaters zu tun! Ich habe meinen Vater geliebt! Er war der einzige Mensch auf der Welt, der mir wirklich etwas bedeutet hat.«

»Aha, und was ist mit deiner Mutter?« Chefinspektor Meierhofer musterte Patrick Pullhann stumm. Für einen Mann mit jeder Menge an Problemen sah er eigentlich überraschend gut aus. Er war bei weitem nicht so versifft wie sein Freund, der mit ihm die Wohnung teilte. Pullhann junior war mittelgroß, schlank, hatte dunkle, kurze Haare und das Gesicht seiner Mutter, zumindest vor deren Botoxkonsum. Allein der ungepflegte Bart und die gewaltigen Ringe unter seinen Augen ließen darauf schließen, dass er nicht in körperlichem Topzustand war. Hätte Meierhofer nicht jahrelange Erfahrung im Umgang mit Verbrechern gehabt, er wäre wahrscheinlich erstaunt gewesen, dass jemand mit Pullhanns Vorstrafenregister inklusive Knasterfahrung so gar nicht dem Klischee des typischen Kriminellen entsprach.

Der Chefinspektor trank einen Schluck Kaffee, legte die Stirn in Falten und konterte ruhig: »Herr Pullhann. Sie denken doch nicht wirklich, dass ich Ihnen das glaube. Sie waren am Tatort, dem Ort, an dem Ihr Vater einen grauenvollen Tod erlitten hat, und haben meinen Kollegen krankenhausreif geschlagen. Ich würde sagen, es sieht nicht gerade gut für Sie aus. ... Aber bitte, ich will Ihnen eine Chance geben. Gehen wir also davon aus, dass Sie nicht der Mörder Ihres Vaters sind. Was haben Sie dann um alles in der Welt in der Waldhütte getan? Können Sie mir das erklären?«

Patrick Pullhann saß Meierhofer nun gegenüber wie ein Häufchen Elend. Er überlegte einen Moment, dann antwortete er leise: »Ich habe erst gestern vom Tod meines Vaters erfahren.«

»Von wem?«, fragte der Chefinspektor nach.

»Von Friedl, dem Mann, bei dem ich wohne. Sie haben ihn ja, glaube ich, schon kennen gelernt.«

Meierhofer nickte nur.

Der Verdächtige fuhr fort: »Also, Friedl hat mir vom Tod meines Vaters erzählt. Ich habe zuerst geglaubt, er verarscht mich, und habe versucht, Papa zu erwischen, aber er ist nicht an sein Handy gegangen.«

Das gefühlvolle Papa erschütterte Meierhofers festen Glauben, dass er dem Mörder von Kurt Pullhann gegenübersaß, ein wenig.

»Als er sich dann gar nicht gerührt hat, bin ich zu meiner Mutter gefahren. Die hat mir erzählt, dass Papa in der Hütte im Dunkelsteinerwald getötet wurde. Außerdem wollte sie, dass ich mich der Polizei stelle und den Mord an meinem Vater gestehe, weil es so am besten wäre. Aber ich habe Papa doch nicht umgebracht! Das mit der Hütte habe ich ihr auch nicht geglaubt, weil sie mir ja immer erzählt hat, dass mein Vater die Hütte hat abreißen lassen. Die Hütte, in der ich als Kind so viele schöne Tage verbracht habe. Ich habe also Friedl gebeten, mich in den Dunkelsteinerwald zu bringen. Ich wollte sehen, ob es die Hütte wirklich noch gibt.«

»Warum sind Sie dann nicht wieder nachhause gefahren?«, hakte Meierhofer nach.

Patrick Pullhann zuckte mit den Schultern.

»Das kann ich Ihnen nicht wirklich erklären. Ich habe die Hütte gesehen und wollte einfach nur dort bleiben. So wie früher, als alles noch gut war. Also habe ich Friedl zurückgeschickt und bin allein in der Waldhütte geblieben.«

Der Chefinspektor fühlte, dass er den Falschen geschnappt hatte. Patrick Pullhann war zwar sicher kein Unschuldsengel, aber das, was er ihm da erzählte, schien die Wahrheit zu sein. Das sagte ihm wieder einmal sein Bauch, auf den er sich meistens verlassen konnte.

Trotzdem bohrte er nach: »Warum haben Sie meinen Kollegen niedergeschlagen, wenn Sie unschuldig sind? Gruppeninspektor Staudinger liegt mit einer schweren Gehirnerschütterung im Krankenhaus, das ist doch keine Kleinigkeit.«

Der Verdächtige zuckte kurz zusammen. Zerknirscht murmelte er: »Ich bin in Panik geraten, als ich gehört habe, dass er von der Polizei ist. Meine Erfahrungen mit der Polizei sind ja nicht die besten.«

»Woran Sie ausschließlich selbst schuld sind«, schoss Meierhofer zurück, »wo waren Sie eigentlich während der letzten, sagen wir mal, zehn Tage?«

»Ich glaube, das sollte ich besser nicht sagen«, erwiderte Pullhann junior.

»Dann kommen Sie allerdings weiterhin als Mörder Ihres Vaters in Frage. So ganz ohne Alibi.«

Patrick Pullhann zögerte, gab Meierhofer aber dann doch die Antwort, die er eingefordert hatte: »Na gut, also, ich war wieder einmal spielen. Dieses Mal hat's mich voll erwischt. Ich bin über eine Woche nicht runtergekommen von meinem Trip, wenn man das so sagen kann.«

»Und wo haben Sie gespielt?«, bohrte der Chefinspektor nach.

Der Verdächtige war unschlüssig, ob er das preisgeben sollte, das sah man ihm deutlich an, schließlich entschied er sich aber doch dafür: »Ich habe da einen Bekannten in Wien, der hat seinen Keller ausgebaut für Leute wie mich, die gern um das große Geld spielen.«

Mehr musste Pullhann nicht sagen. Meierhofer verstand, dass es um illegales Glücksspiel ging. Ihn interessierte nur eines: »Können Sie beweisen, dass Sie dort waren?«

»Ich weiß, dass dieser Bekannte in seinem Kellerraum Kameras installiert hat. Er filmt jedes einzelne Spiel mit, um sicherzugehen, dass keiner betrügt. Er müsste also alles auf Film haben. Allerdings wird er nicht sehr erfreut sein, Sie zu sehen. Ist nicht ganz…«

»…legal, was er da macht, ich weiß schon«, ergänzte Meierhofer, »wenn Sie mir den Namen und die Adresse Ihres Bekannten geben, werden meine Kollegen der Sache gleich nachgehen.«

»Sie … Sie meinen, eine Razzia?«, stammelte Patrick Pullhann nervös.

Der Chefinspektor nickte stumm und nahm noch einen Schluck seines mittlerweile eiskalten Kaffees.

Pullhann junior zitterte nun vor Aufregung. Seine Stimme überschlug sich: »A…aber, das wollte ich nicht.«

»Ich weiß, dass Sie das nicht so geplant haben, Herr Pullhann, aber es geht um Ihr Alibi. Sie wollen doch beweisen, dass Sie nicht der Mörder Ihres Vaters sind, oder?«

Der Verdächtige schien einzusehen, dass sein Alibi oberste Priorität hatte: »Ich habe meinen Vater nicht umgebracht! Geben Sie mir einen Zettel. Ich schreibe Ihnen alles auf, was Sie wissen müssen.«

Auf Meierhofers Gesicht machte sich ein zufriedener Gesichtsausdruck breit. Das würde die Kollegen der SOKO Glücksspiel freuen. Er reichte Pullhann junior ein Blatt Papier und einen Kugelschreiber. Wenig später hatte er, was er wollte.

»Gut, wir werden der Sache sofort nachgehen, Herr Pullhann, danke für Ihre Kooperation. Das reicht mir fürs Erste. Wie lange Sie noch in U-Haft bleiben, wird sich zeigen, aber die Situation ist für Sie ja keine ganz neue.«

Chefinspektor Meierhofer wollte schon aufstehen und den Raum verlassen, als Patrick Pullhann noch etwas sagte: »Eines noch, Herr Inspektor. Das mit meiner Mutter, das war keine Absicht. Es war ein Unfall. Sie hat im Rausch auf mich eingeschlagen, als ich das Loft verlassen habe. Ich wollte mich nur wehren und habe sie von mir weggestoßen. Da ist sie gestolpert und die Treppe hinuntergefallen«, ein paar Tränen rannen Pullhann junior übers Gesicht, »es war ein Unfall, ein Unfall.«

10

»Al diavolo! Ich fühle mich, als ob mich ein LKW überrollt hätte«, fluchte und jammerte Gruppeninspektor Staudinger, während er sich vorsichtig in seinem Krankenhausbett aufsetzte.

Meierhofer schmunzelte ein wenig. »Wenn so eine Gehirnerschütterung angenehm wäre, würde ja jeder eine haben wollen. Allerdings erhöht so ein leichter Schlag auf den Hinterkopf bekanntlich das Denkvermögen. Hat dir wahrscheinlich ganz gut getan, mein Lieber. … Aber jetzt im Ernst. Wie kann ich dich denn aufmuntern, Stefano? Der Schmäh mit den hübschen Krankenschwestern zieht bei dir wohl auch nicht.«

Der Gruppeninspektor hatte nun endlich eine Position gefunden, in der er sich halbwegs wohl fühlte. Ächzend erwiderte er: »Nein, eher nicht, aber ich habe vorhin einen ziemlich appetitlichen Krankenpfleger gesehen. … Jetzt erzähl' endlich, ist Patrick Pullhann unser Mann?«

Chefinspektor Meierhofers Miene änderte sich schlagartig. Staudinger wusste sofort, was das zu bedeuten hatte: »Nein! Sag jetzt nicht, dass er gar nicht der Mörder ist!«

»Doch, das muss ich leider, er hat ein hieb- und stichfestes Alibi. Der Gute hat neun Tage durchgespielt! Mit kurzen Ess- und Schlafpausen. Illegales Glücksspiel. Wir haben alles auf Band. Die SOKO Glücksspiel konnte dank unserer Hilfe einen richtiggehenden Glücksspiel-Ring ausheben. Allerdings heißt es für uns jetzt wieder zurück zum Start. Pullhann junior hat seinen Vater nicht getötet, dafür hat er seine Mutter auf dem Gewissen. Scheint zwar nicht Mord, sondern Totschlag gewesen zu sein, aber geschubst hat er sie«, erklärte Meierhofer wenig erfreut.

Ein plötzlicher, rasender Kopfschmerz zwang Staudinger dazu, sich stöhnend wieder hinzulegen. Sein Chef und Freund meinte daraufhin fürsorglich: »Aber mit diesen Dingen solltest du dich im Moment ohnehin nicht beschäftigen, Stefano. Du musst jetzt erst mal ganz gesund werden, dann kannst du dich wieder in die Ermittlungen einklinken. So lange schaue ich, was ich machen kann. Ich werde auf alle Fälle als Nächstes diesem Uwe Rüttge auf den Zahn fühlen. Vielleicht ist ja er unser Mann.«

Staudinger schüttelte, so weit ihm das möglich war, den Kopf. »Nein, nein, so weit kommt's noch, dass du allein weiter ermittelst! Ich habe den Ärzten schon gesagt, dass ich so schnell wie möglich wieder hier raus will. Wenn du mir einen Laptop besorgst, kann ich zumindest den Rechercheteil übernehmen. Das geht sogar vom Spitalsbett aus.« Der Chefinspektor wusste, dass es keinen Sinn machte, seinem Kollegen diese Bitte abzuschlagen. Stefano war ein Sturkopf. »Gut, ich besorge dir einen Laptop. WLAN sollte hier im Krankenhaus eigentlich auch kein Problem darstellen. … Ich mach das aber nur, wenn mir deine Ärzte ihr OK geben, klar?«

Staudinger war zufrieden: »In Ordnung. Und sobald es etwas Neues gibt, rufst du mich an oder kommst vorbei! Keine falsche Rücksichtnahme. Mir geht's gar nicht so schlecht, und spätestens morgen bin ich wieder voll einsatzfähig.«

Meierhofer machte einen auf väterlich: »Jetzt übertreibst du aber, mein Lieber. Du hast eine schwere Gehirnerschütterung, und ich werde nicht zulassen, dass du zu früh zurück in den Dienst kommst und dich überforderst. Denk daran, nur ein gesunder Polizist ist ein guter Polizist.«

Staudinger lachte laut auf: »Wo hast du denn diesen Satz her, Hans? … Keine Angst, ich übertreibe es nicht. Und jetzt beeil' dich, wir müssen immerhin einen Mörder schnappen! Ach ja, und wenn du den feschen Krankenpfleger siehst, sag ihm bitte, dass ich einen zweiten Polster brauche.« Ein schelmisches Grinsen machte sich auf dem Gesicht des Gruppeninspektors breit.

Meierhofer nahm dieses mit Wohlwollen wahr. Das war ein gutes Zeichen. Stefano schien tatsächlich schon auf dem Weg der Besserung zu sein. Gut so, er würde seine Hilfe in den nächsten Tagen dringend gebrauchen können. Der Fall Pullhann wurde immer kniffliger. Es war wie bei *Mensch ärgere dich nicht*. Patrick Pullhann hatte sie aus dem Spiel geschmissen. Back to the start. Sie hatten momentan keine Ahnung, wer hinter dem grausamen Giftmord steckte. Nicht die geringste. Der einzige Verdächtige, der ihnen blieb, war dieser Rüttge. Vielleicht sollte er ihm wirklich einen Besuch abstatten.

*

Luft! Er bekommt keine Luft mehr! Ist es jetzt aus? Vielleicht ist es jetzt endlich vorbei. Aber eigentlich hätte er noch so viel vorgehabt. Er will noch nicht abdanken. Seine Zeit, sie sollte doch noch nicht um sein! Er hat noch so viel vor! Wird er ihn jetzt holen, der Teufel? Wird jetzt abgerechnet? Muss er nun zahlen für all das, was er falsch gemacht hat in seinem Leben? Muss er nun für seine Sünden büßen? Sein Leben, es zieht an ihm vorüber. Wie eine Diashow, ein Film, bestenfalls ein B-Movie, Blockbuster ist sein Leben leider keiner gewesen. Seine Taten, er sieht sie noch einmal. Zumindest die wichtigsten, einprägsamsten seiner Taten. Die guten, aber auch die anderen. Dann wird es dunkel um ihn. Es ist vorbei. Vorbei.

*

Chefinspektor Meierhofer hatte zwei Optionen gehabt: nachhause zu fahren und früh schlafen zu gehen oder sich Uwe Rüttge vorzuknöpfen. Nach kurzer Überlegung und gegen das Bestreben seines gewaltigen inneren Schweinehundes hatte er sich für Letzteres entschieden. Deshalb war er nun auf dem Weg nach Langenlois, einer bekannten Weinstadt nicht weit von Krems, wo der ehemalige Geschäftspartner Kurt Pullhanns sein Zuhause hatte. Meierhofer wurde wieder einmal bewusst, dass er in einer besonders schönen Gegend lebte, als er die idyllische Wachau hinter sich ließ und in das ebenfalls nicht zu verachtende Kamptal eintauchte. Ganz in der Nähe das mystische Waldviertel – was wollte man mehr? Für jeden Geschmack war etwas dabei.

Als der Chefinspektor bei Rüttge klingelte, dämmerte es bereits.

»Ja, was wollen Sie!?«

Hatte Uwe Rüttge bei der Eingangstür auf ihn gewartet, oder war er einfach nur ein schneller Läufer? Die Statur dazu hatte er jedenfalls. Rüttge war das komplette optische Gegenteil des verstorbenen Diplomingenieurs. Er war groß, athletisch gebaut, hatte volles blondes Haar und eine gewisse Strenge im Gesicht. Hätte Meierhofer nicht bereits gewusst, dass der Mann, der wohl Ende vierzig war, in Deutschland geboren worden war, er hätte es auch so vermutet. Rüttge sah aus wie der typische, meist böse Deutsche in einem reißerischen Hollywood-Streifen.

»Kriminalpolizei. Mein Name ist Meierhofer, Chefinspektor Meierhofer. Ich hätte ein paar Fragen an Sie, Herr Rüttge. … Sie sind doch Uwe Rüttge?«

Meierhofer hielt Pullhanns ehemaligem Geschäftspartner seinen Polizeiausweis unter die Nase.

Der nickte und murmelte: »Kommen Sie rein.«

Der Chefinspektor folgte Uwe Rüttge ins Innere des Hauses und wurde dort vom allgegenwärtigen Marmor beinahe erschlagen. Entweder war dieser Rüttge stinkreich, oder er lebte weit über seine Verhältnisse.

»Ich nehme an, Sie wissen, warum ich hier bin?«, fragte Meierhofer noch im Vorhaus, nachdem er das Angebot, ins Wohnzimmer weiterzukommen und dort Platz zu nehmen, dankend abgelehnt hatte. Er wollte einfach keine Zeit verlieren, müde, wie er war.

Rüttge stellte sich dumm: »Nee, keine Ahnung, was Sie von mir wollen.«

Meierhofer bemerkte den amüsanten Akzent seines Gegenübers – eine Mischung aus breitem Niederösterreichisch, wenn man das so nennen konnte, und einer Prise Norddeutsch. Extravagant, so wie die zugehörige Person.

»Es geht um Kurt Pullhann, Ihren ehemaligen Geschäftspartner«, erklärte der Chefinspektor, obwohl er sicher war, dass diese Auskunft eigentlich überflüssig war. Rüttge wusste garantiert von dessen Tod, auch wenn er so tat, als ob das nicht der Fall wäre: »Was iss mit ihm?«

Da war er wieder, dieser Akzent, der aus dem »ist« ein »iss« machte. Seine Wurzeln konnte man einfach nicht verleugnen. Innerlich seufzend ob dieses schlechten Schauspiels, antwortete Meierhofer: »Er ist tot.«

Rüttge tat erstaunt: »Tatsächlich? Das iss ja schrecklich.«

Der Chefinspektor beschloss, einen Zahn zuzulegen: »Herr Rüttge, lassen wir doch einfach diese Spielchen! Kurt Pullhann wurde ermordet, und ich weiß aus einer verlässlichen Quelle, dass Sie nicht gerade gut auf Ihren ehemaligen Geschäftspartner zu sprechen waren. Also, was können Sie mir über ihr Verhältnis zu Pullhann sagen?«

Das Gesicht des gebürtigen Deutschen gefror zu einer starren Maske. Er zögerte einen Moment, dann antwortete er: »Pullhann war eine Sau. Ich konnte ihn nich' ausstehen. Immerhin hat er mich um eine schöne Stange Geld betrogen. Aber nich' nur des Geldes wegen. Er war auch sonst ein Schwein. Vom Menschlichen her gesehen. Wie der mit anderen umgegangen iss. … Nee, tut mir leid, aber ich kann es nich' anders sagen, auch wenn es nich' in Ordnung iss, ich bin nich' traurich darüber, dass er tot iss.«

Okay, Meierhofer atmete innerlich aus, das war deutlich gewesen. Rüttge hatte das *Keine Spielchen mehr!* tatsächlich ernst genommen.

»Gut, danke für Ihre Offenheit, Herr Rüttge. Leider macht Sie das aber zu einem Verdächtigen in diesem Mordfall. Also, entschuldigen Sie bitte die nächste Frage, aber ich muss sie stellen. Wo waren Sie während der letzten, sagen wir mal, zehn Tage?«

Auf Rüttges Gesicht erschien tatsächlich ein Lächeln, eines, das ihn durchaus sympathisch machte. »Kommen Sie mit!«, sagte er nur, dann führte er Meierhofer eine beeindruckende Marmortreppe hinauf in ein Schlafzimmer, das ebenso beeindruckend teuer aussah. Dort stapelten sich Koffer und Reisetaschen übereinander.

»Meine Familie und ich kommen gerade aus dem Urlaub. Drei Wochen Karibik. Kann ich Ihnen nur empfehlen. Iss traumhaft dort.«

Meierhofer wollte gerade zum obligaten *»Können Sie das beweisen?«* ansetzen, als ein kleiner, blonder Bub, der aussah wie eine Miniaturausgabe von Uwe Rüttge, ins Schlafzimmer gelaufen kam.

»Papa, ich hab' meinen Koffer ganz allein ausgeräumt. Darf ich mir die Dinger da behalten?«

Der Dreikäsehoch winkte aufgeregt mit sechs Bordkarten vor den Augen seines Vaters herum. Drei vom Hinflug, drei vom Rückflug, schloss Meierhofer. Er wandte sich dem Jungen zu und meinte freundlich: »Toll! Was hast du denn da? Darf ich mir das mal kurz ansehen?«

Bereitwillig reichte ihm der Bub die Bordkarten. Auf drei von ihnen stand das Datum von heute, die anderen drei waren drei Wochen alt.

»Danke«, der Chefinspektor gab dem Jungen die Karten zurück, dann wandte er sich mit einem Anflug von schlechtem Gewissen dessen Vater zu, Uwe Rüttge hatte wohl tatsächlich noch nichts vom Tod seines ehemaligen Geschäftspartners gewusst, »damit wäre alles klar, Herr Rüttge. Entschuldigen Sie bitte die Störung. Ich wünsche Ihnen noch einen schönen Abend. ... Sie brauchen mich nicht zu begleiten, ich finde selbst hinaus.«

Als Meierhofer die Haustüre der kleinen Villa hinter sich schloss, fühlte er sich wie ein Kind, dem man eines seiner liebsten Spielzeuge genommen hatte. Wieder ein Verdächtiger weniger. Eine der infrage kommenden Personen war ihm weggestorben, und zwei hatten ein wasserdichtes Alibi. Meierhofer fuhr sich gedankenverloren durch seinen Vollbart. Der Mörder von Kurt Pullhann war wahrscheinlich irgendwo da draußen, und er hatte keinen blassen Schimmer, wer er oder sie war.

11

Wieder einmal wurde Hans Meierhofer zuhause mit einem köstlichen Abendessen empfangen. Aber irgendwie hatte er heute keinen rechten Appetit, ein Zustand, der in etwa so häufig vorkam wie eine Mondfinsternis, also etwa zweimal im Jahr. Dieses außergewöhnliche Ereignis blieb natürlich nicht unbemerkt.

»Was ist denn heute los mit dir, Hans? Es gibt Beuschel mit Serviettenknödeln, und du gibst schon nach einem halben Teller w.o.? Muss ich das Fieberthermometer holen?«, lautete Irenes stirnrunzelnder Kommentar zum seltsamen Essverhalten ihres Göttergattens.

»Sei mir nicht böse, Schatz, aber mir geht so viel durch den Kopf. Ich mache mir einen Kaffee, willst du auch einen?« Meierhofer schob den halb vollen Beuschelteller von sich und stand auf, um wieder einmal seine neue, weinrote Liebe in Gang zu setzen. »Weißt du, Stefano liegt im Krankenhaus, weil er von einem Verdächtigen angegriffen wurde. Gestern ist das passiert. Eigentlich wollte ich dir nichts davon erzählen, damit du dir keine Sorgen machst.«

»Stefano liegt im Spital!? Mein Gott! Das ist ja schrecklich!«, entfuhr es der schockierten Irene.

Der Chefinspektor beschloss, sich einen Latte macchiato zu machen, und ging zum Kühlschrank, um sich die Milch zu holen. Dabei meinte er beruhigend: »Keine Angst, er hat glücklicherweise nur eine Gehirnerschütterung, aber es hätte auch schiefgehen können. Der Depp hat einen Alleingang gewagt. Dabei weiß er doch ganz genau, wie gefährlich das sein kann.«

Irene begann, die Beuschelreste wegzuräumen.

»Einen Alleingang? Aber wieso denn das? Ihr seid doch so gut wie immer gemeinsam unterwegs oder nicht?«

Meierhofer spürte, wie er rot wurde. Dass er und Staudinger gestritten hatten, war ihm unangenehm, vor allem, weil Doktor Geraldine Grahninger der Grund ihrer kleinen Auseinandersetzung gewesen war. So beiläufig wie möglich antwortete er deshalb: »Ach, wir hatten eine kleine Meinungsverschiedenheit, weil ich den Fall anders angehen wollte als er.«

»Das war eine Lüge, alter Mann. Wieso lügst du deine Frau an, obwohl dir Doktor Grahninger nichts bedeutet?«, wies das Gehirn des Kriminalbeamten diesen zurecht. Gute Frage, warum tat er das?

Irene schien auf alle Fälle keinen Verdacht zu schöpfen: »Seltsam, das sieht euch gar nicht ähnlich. Was für ein Alleingang war das denn?«

Meierhofer war froh, dass Irene das Gespräch wieder auf den Fall gelenkt hatte. »Stefano ist allein an den Tatort gefahren, diese Hütte im Wald, weil er dachte, dass sich unser Verdächtiger dort befinden könnte. Und er hatte recht. Das hat er aber mit einem harten Schlag auf seinen Hinterkopf bezahlt. Als ich ihn gefunden habe, hat er blutend und ohnmächtig am Boden gelegen. Gott sei Dank habe ich meine Waffe dabei gehabt. Ich hab den Verdächtigen überwältigt, was nicht so schwierig war, weil der ziemlich durch den Wind gewesen ist, Stefano in die stabile Seitenlage gebracht, ihm einen Kopfverband angelegt und dann die Rettung gerufen. … Weißt du, ich hab das alles gemacht, als hätte ich noch nie etwas anderes getan. Ruhig, überlegt, gelassen, routiniert. Aber jetzt, jetzt merke ich erst, wie mich das mitgenommen hat. Ich habe wirklich Angst um Stefano gehabt. Das klingt vielleicht blöd, aber er ist für mich beinahe wie der Sohn, den ich nie hatte.«

Irene umarmte ihren Mann, der für einen Kriminalinspektor unglaublich sensibel war. Sie war immer wieder erstaunt, dass er seinen Job seit Jahrzehnten ausübte, ohne psychische oder körperliche Probleme davongetragen zu haben. Obwohl sie natürlich auch bemerkt hatte, wie er nach der Sache mit dem jungen Lehrer letzten Sommer scheinbar über Nacht gealtert war. Es war schon ein unglaublich schwieriger und gefährlicher Beruf, für den er sich damals, als sie frisch verliebt gewesen waren, entschieden hatte. Ein paar Jahre noch, dann würde er in Pension gehen. Darauf freute sie sich jetzt schon. Auf die gemeinsame Pension, ohne Stress, Mord und Totschlag.

»Stefano kann froh sein, dass er einen Kollegen wie dich hat. Mach dir nicht zu viele Gedanken, es ist ja noch mal gut gegangen. Wenigstens habt ihr jetzt den Mörder.«

Der Chefinspektor löste sich aus der Umarmung seiner Frau und griff nach dem verführerisch duftenden Latte macchiato. Er nahm einen Schluck, dann erwiderte er frustriert: »Das ist ja das Schlimmste an dem Ganzen. Unser Verdächtiger, er ist gar nicht der Mörder. Er hat zwar seine Mutter auf dem Gewissen, du weißt schon, die, die an dem Genickbruch gestorben ist, war wahrscheinlich Totschlag, aber seinen Vater, den hat er nicht getötet. Er hat ein wasserdichtes Alibi, genau wie ein weiterer Verdächtiger. Wir stehen also wieder am Anfang. Wenn nicht bald etwas passiert, das Licht ins Dunkel bringt, sehe ich schwarz für unsere Ermittlungen.«

In diesem Moment schrillte Meierhofers Diensthandy, das er im Vorzimmer liegen gelassen hatte. Er hatte nicht die geringste Lust aufs Telefonieren, dennoch eilte er aus der Küche, um den Anruf entgegenzunehmen. Schließlich hatte er Bereitschaft. Ein kurzer Blick aufs Display reichte – es war tatsächlich dienstlich.

»Meierhofer! Was gibt's?«, meldete sich der Chefinspektor trocken. »Nein! Das ist doch unmöglich! … Geben Sie mir eine halbe Stunde, ich komme, so schnell ich kann!«

Irene spürte, dass etwas nicht stimmte. Ihr Mann bekam des Öfteren abends dienstliche Anrufe, so aufgebracht war er dabei aber nur selten.

»Was Schlimmes?«, fragte sie deshalb vorsichtig.

Chefinspektor Meierhofer war schon dabei, sich die Schuhe und eine Jacke anzuziehen. »Ja, sehr schlimm. Warte nicht auf mich, es kann spät werden!«, lautete die knappe Antwort des Kriminalbeamten. Dann war er verschwunden.

*

Meierhofer lenkte seinen blauen Espace rasant die B37 hinauf in Richtung des Gföhler Waldes, mitten ins mystische Waldviertel. Der heftige Regen prasselte unaufhörlich gegen die Windschutzscheibe, eine echte Herausforderung für die nicht mehr ganz taufrischen Scheibenwischer.

»Der Himmel weint«, dachte der Chefinspektor, *»kein Wunder, bei den Grauslichkeiten, die sich die Menschen auf dieser Erde gegenseitig antun«*.

Die Nachricht vorhin hatte alles verändert. Damit war die Lage nun eine völlig andere. Wenn es tatsächlich stimmte, was ihm der Kollege am Telefon berichtet hatte, dann hatten sie nun ein echtes Problem. Meierhofer sah sie schon vor sich, die Schlagzeilen, die auf den Titelseiten aller Zeitungen des Landes prangen würden:

Niederösterreich: Angst vor Serienmörder geht um
Serienkiller schlägt erneut zu!

Oder so ähnlich. Wann immer man es mit einem Serienmörder zu tun hatte, wurde alles schwieriger. Der Druck der Öffentlichkeit war dann enorm. Die medial stetig geschürte Panik störte außerdem die Ermittlungen. Sobald in irgendeiner Zeitung stand, dass die Polizei um Hinweise bat, trudelten leider auch immer jede Menge unnütze, teilweise frei erfundene, vermeintlich heiße Spuren ein. Die Spreu vom Weizen zu trennen, war dann eine regelrechte Sisyphusarbeit.

Meierhofer war mittlerweile auf einem Forstweg unterwegs, der ihn zum Tatort führen würde. Nicht gerade ein Vergnügen bei dem Wetter und um diese Tageszeit. Wenig später sah der Chefinspektor sie auch schon, die kleine Waldhütte, in deren Nähe mehrere

Einsatzwagen der Polizei sowie ein Rettungsauto parkten. Auch den knallroten Geländewagen, der einer gewissen Gerichtsmedizinerin gehörte, nahm der Kriminalpolizist wahr. Allerdings nur am Rande, denn etwas anderes stach ihm weit mehr ins Auge: die Farbe der Hütte. Es war das gleiche eigenwillige Grün wie das des Häuschens im Dunkelsteinerwald, in dem Diplomingenieur Kurt Pullhann gestorben war. Diese weitere Gemeinsamkeit gefiel Meierhofer gar nicht. Je mehr Déjà-vu, desto schlechter, das machte die Serienkiller-Theorie nämlich nur noch wahrscheinlicher.

Der Chefinspektor zwickte seinen Espace neben Grahningers Landrover zwischen ein paar hohe Nadelbäume und schnappte sich den bereits etwas ramponierten Knirps, den er stets im Handschuhfach mit sich führte. Spätestens als er im knöcheltiefen Gatsch versank, wurde ihm bewusst, dass Gummistiefel wohl eine bessere Wahl gewesen wären. Schade um die schönen, neuen Halbschuhe.

Im Inneren der verlassen gelegenen Hütte war die Hölle los. Die in ihre weißen Schutzanzüge, von Staudinger oft liebevoll Ganzkörperkondome genannt, gehüllten KollegInnen mit großem I der Spurensicherung pinselten schon, was das Zeug hielt. Auch Doktor Geraldine Grahninger, die wieder einmal absolut umwerfend aussah, war bereits an der Arbeit. Sie bemerkte Meierhofer aus dem Augenwinkel und flötete daraufhin: »Ah, der Herr Chefinspektor. Zu den Schnellsten gehören Sie ja nicht gerade, mein Lieber.«

»Ich bin ja auch nicht mehr der Jüngste«, konterte der Kriminalbeamte selbstironisch. Doktor Geraldine Grahninger richtete sich ein wenig auf, blickte Meierhofer direkt in die Augen und erwiderte dann überraschend charmant: »Ich finde ja, mit Männern ist das wie mit einem guten Cabernet Sauvignon: Sie werden mit dem Alter immer samtiger.«

Der Chefinspektor spürte, dass seine Wangen sich röteten, gleichzeitig überlegte er, was an ihm samtig war. Die Gerichtsmedizinerin riss ihn allerdings abrupt aus seinen Überlegungen, indem sie ihn unsanft in die Realität zurückholte: »Sieht danach aus, als wäre unser Mann hier genauso gestorben wie dieser Diplomingenieur Kurt Pullhann. Er hat sich vor seinem Tod ebenfalls mehrmals übergeben, außerdem litt er unter dem gleichen blutigen Durchfall. Ich würde alles darauf verwetten, dass wir es erneut mit einer Colchicin-Vergiftung zu tun haben. Ist übrigens erst seit ein paar Stunden tot, der Gute. Aber wie Sie mittlerweile wissen, sagt das bei der langsamen Wirksamkeit des Giftes nur wenig über den Tatzeitpunkt aus.«

Meierhofer betrachtete die männliche Leiche genauer, die er bis jetzt gar nicht richtig wahrgenommen hatte, weil er von Doktor Grahningers Kurven abgelenkt worden war. Die Alarmglocken in seinem Kopf schrillten los, alles schrie: »*Déjà-vu! Déjà-vu!*« Der Tote war ein Mann in seinem Alter, vielleicht ein bisschen älter, also um die sechzig, groß, schlank und unnatürlich schwarzhaarig – wahrscheinlich hatte er versucht, mithilfe einer mittelmäßigen Haartönung den Alterungsprozess zumindest optisch ein wenig aufzuhalten. Das half ihm jetzt aber auch nichts mehr. Er war elendiglich verreckt, genau wie Kurt Pullhann, halb nackt an einen Sessel gefesselt. Grauenvoll stinkend nach Exkrementen, Blut und Erbrochenem. Ein Ende, das man niemandem wünschte. Der Chefinspektor bemerkte, dass auch dieses Mal der Sessel mit schwarzen Gurten an ein massives Tischbein geschnallt worden war. Fluchtverhinderung wie bei Pullhann.

Meierhofer näherte sich einem seiner Kollegen von der Spurensicherung, der akribisch an der Sicherung von Fingerabdrücken arbeitete.

»Hallo, Gregor, was wisst ihr denn schon?«

Der Angesprochene legte den Einweg-Fingerabdruckpinsel, mit dem er gerade gearbeitet hatte, vorsichtig zur Seite und wandte sich dem Chefinspektor zu. Dann erklärte er freundlich: »Der Tote wurde vor etwa eineinhalb Stunden von einer älteren Frau gefunden, die sich ausgerechnet beim Bärlauchsammeln verirrt hatte und sich ins Trockene flüchten wollte. Sie hat die Polizei mit dem Handy des Toten gerufen, eine ungeheuerliche Kontamination des Tatortes übrigens, und sitzt draußen im Krankenwagen, hat wohl einen Schock, aber kein Wunder, bei dem Anblick und diesem widerlichen Gestank. Wer er ist, wissen wir noch nicht, kann aber nicht mehr lange dauern, bis die Kollegen das herausgefunden haben. Immerhin haben wir ja sein Handy. ... Sonst kann ich dir leider auch noch nichts sagen. Ist genauso wie im Dunkelsteinerwald, bis jetzt haben wir keine brauchbaren Fingerabdrücke und keine DNA-Spuren, von denen des Toten und der Bärlauchsammlerin abgesehen. Wegen des Regens konnten wir draußen auch keine Fußabdrücke sicherstellen. Gibt bis jetzt noch nicht viel her, dieser Tatort. Anscheinend arbeitet unser Täter sehr gewissenhaft.«

»*Déjà-vu!*«, da war sie wieder, die Stimme in Meierhofers Kopf.

»Danke, Gregor. Wenn's was Neues gibt, meldest du dich eh bei mir, oder?«

Der Kollege im Ganzkörperkondom, um Staudinger zu zitieren, griff nach seinem Fingerabdruckpinsel und nickte nur stumm, während er sich bereits wieder seiner Arbeit zuwandte.

Chefinspektor Meierhofer ließ seine Augen über den Tatort schweifen und ging noch einmal im Geiste alle Fakten durch, als die Gerichtsmedizinerin ihn erneut ansprach: »Na, Herr Chefinspektor, da haben Sie ja in den nächsten Tagen jede Menge zu tun. Ich freu' mich schon auf die Serienkiller-Schlagzeilen auf den Titelblättern der Zeitungen. Obwohl Serienmörder ja meistens hinter jungen Frauen her sind. Wundert mich, dass dieses Mal samtige Männer dran glauben müssen.« Grahningers Tonfall strotzte nur so vor Zynismus. Meierhofer wusste wieder einmal nicht genau, ob er die Frau eher extrem unsympathisch oder besonders reizvoll fand. Die Gerichtsmedizinerin war auf alle Fälle komplett anders als alle Frauen, die er in seinem Leben bis jetzt kennen gelernt hatte.

So gelassen wie möglich erwiderte er: »Noch wissen wir nicht, ob wir es tatsächlich mit einem Serienmörder zu tun haben. Wer weiß, vielleicht handelt es sich ja nur um einen Trittbrettfahrer, einen Nachahmungstäter.«

Das Kobra-Lächeln hatte wieder einmal Geraldine Grahningers Gesicht in Besitz genommen. Bitter zischte sie: »Das glauben Sie doch selbst nicht. Hinter diesem Verbrechen steckt dieselbe Person, die auch im Dunkelsteinerwald gemordet hat. Worum wetten wir?«

Chefinspektor Meierhofer blickte die Gerichtsmedizinerin entsetzt an. »Sie wollen wetten? Zwei Menschen sind einen furchtbaren Tod gestorben, und für Sie ist das ein passender Anlass für eine Wette? Mit Ihrer weiblichen Sensibilität ist es aber nicht weit her.«

Grahninger zuckte gleichgültig mit den Schultern. »Na und, ich bin nicht sensibel, dafür sind Sie nicht der toughe Kriminalbeamte, der Sie laut Klischee eigentlich sein sollten. Was soll's. Dann wetten wir eben nicht. Trotzdem habe ich recht.«

Auch wenn er es sich nicht eingestehen wollte, wusste Meierhofer im Grunde, dass die Gerichtsmedizinerin mit ihrer Annahme richtig lag. Wer immer diesen Mann hier getötet hatte, hatte auch Diplomingenieur Kurt Pullhann ins Jenseits befördert. Zwei Fragen drängten sich dem Chefinspektor in diesem Zusammenhang auf: »*Warum hatte diese Person das getan?*« und »*Würde sie es noch einmal tun?*« Auf die Erstere der beiden wollte Meierhofer so schnell wie möglich eine Antwort finden. Letztere würde hoffentlich nicht so rasch beantwortet werden. Zwei Colchicin-Tote reichten ihm fürs Erste.

*

Ein paar Stunden später lag Meierhofer hellwach im Ehebett neben seiner dezent schnarchenden Gattin. Kurz hatte er überlegt, Stefano noch anzurufen, um ihn über den aktuellen Stand der Dinge zu informieren, hatte dann aber beschlossen, dass es wichtiger war, dass sein Kollege wieder gesund wurde. Über den Fall beziehungsweise die Fälle konnten sie morgen auch noch sprechen. Zwischen den beiden Taten waren ein paar Tage gelegen, der Täter würde also hoffentlich in den nächsten Stunden nichts unternehmen. Trotzdem ging dem Chefinspektor die Sache nicht aus dem Kopf. Welche Verbindung bestand zwischen den Opfern? Oder gab es gar keine? Und warum hatte der Täter oder die Täterin gerade sie auf diese Weise getötet? Warum hatten Diplomingenieur Kurt Pullhann und Erich Wigener, ein vierundsechzigjähriger pensionierter Tischler, dran glauben müssen? Wieso waren beide Hütten im gleichen, ungewöhnlichen Grünton gestrichen, und warum waren beide Männer halb nackt an einen Sessel gefesselt worden? Das Fesseln an sich machte ja Sinn, aber wieso waren Pullhann und Wigener nur äußerst spärlich bekleidet gewesen, als man sie in einer unappetitlichen Mischung aus Exkrementen, Blut und Erbrochenem gefunden hatte?

Die Stunden vergingen und trotzdem fand Meierhofer keine Antworten auf seine Fragen. Als er dann endlich an der Schwelle zum wohlverdienten, erholsamen Schlaf war, dachte er, wenn auch äußerst unbewusst, nur noch an eines: an Doktor Geraldine Grahningers Sanduhrfigur.

12

Meierhofer saß an Staudingers Krankenbett und fragte sich, wo er am ehesten einen guten Kaffee herbekommen konnte. In der Cafeteria des Spitals möglicherweise, aber die Atmosphäre dort fand er nicht sonderlich prickelnd. Der Chefinspektor strich sich über seinen Vollbart. Wo blieb Stefano nur? So lange konnte eine CT doch beim besten Willen nicht dauern?

Wenn man an die Sonne denkt, oder so ähnlich.

»Na, alter Mann, wartest du etwa auf mich?«

»Allerdings, das tue ich seit über einer halben Stunde. Warst wohl mit dem feschen Krankenpfleger ein Glas Wasser trinken? Kein Wunder, dass du dann einen alten Knacker wie mich versetzt.«

Meierhofer stellte zufrieden fest, dass Stefano Staudinger schon um einiges fitter wirkte als am Vortag.

»Wie sieht's aus, wann darfst du diesen Laden denn verlassen?«, fragte er neugierig.

Staudinger, der es sich mittlerweile wieder in seinem Bett bequem gemacht hatte, zuckte mit den Schultern.

»Das entscheidet sich erst, wenn die Ergebnisse der Computertomografie da sind. Ich hoffe aber, dass ich heute noch entlassen werde, spätestens morgen. Gibt's was Neues?«

Der Chefinspektor nickte langsam, dann begann er knapp zu erzählen: »Es gibt jede Menge Neues. Dieser Uwe Rüttge hat ein wasserdichtes Alibi, war während der letzten drei Wochen mit seiner Familie in der Karibik, und es gibt einen neuen Colchicin-Toten, davon geht Doktor Grahninger zumindest aus. Der Tote heißt Erich Wigener, ein vierundsechzigjähriger, pensionierter

Tischler, verwitwet, kinderlos, wir haben ihn in einer Hütte im Gföhler Wald gefunden. Halb nackt an einen Sessel gefesselt.«

»Verdammt! Ein Serienkiller«, entfuhr es dem entsetzten Staudinger.

Meierhofers Miene verfinsterte sich. »Sieht leider danach aus. Rate mal, welche Farbe die Waldhütte hat, in der Wigener getötet wurde!«

Der Gruppeninspektor überlegte nicht lange: »Grün?«

»Genau, ein besonders kräftiges, eigenwilliges Grün. Das gleiche, in dem die Hütte im Dunkelsteinerwald gestrichen ist.«

»Guten Tag, die Herren! Ich dachte mir, ich statte einem meiner Lieblingsinspektoren einen Besuch ab, wenn er schon vorübergehend hier residiert. … Wenn ich allerdings gewusst hätte, dass Sie auch da sind, Herr Chefinspektor.«

»Was soll das heißen? Haben Sie plötzlich etwas gegen samtige Männer?«

Staudinger starrte die Gerichtsmedizinerin und den Chefinspektor verständnislos an. Was an Hans war bitte samtig?

Skeptisch meinte er: »Und warum sind Sie wirklich hier, Frau Doktor Grahninger?«

Da war es wieder, das Kobra-Lächeln.

»Okay, Sie haben mich ertappt. Eigentlich ist es mir scheißegal, wie es Ihnen geht, Gruppeninspektor Staudinger«, sie wandte sich an Meierhofer, »aber nachdem ich bei Ihnen im Büro angerufen habe und man mir gesagt hat, dass Sie hier sind, dachte ich, ich nutze diese Chance gleich, um Ihnen die Ergebnisse der Wigener-Obduktion zu präsentieren.« Ohne eine Reaktion abzuwarten, startete die Medizinerin ihren Bericht: »Erich Wigener ist, surprise, surprise, ebenfalls an einer Colchicin-Vergiftung gestorben. In seinem Fall war die Konzentration des tödlichen Giftes sogar eine noch höhere, er hatte also nicht die geringste Chance zu überleben. Was den genauen Tatzeitpunkt angeht, kann ich Ihnen natürlich wieder nur wenig sagen, aufgrund der Schwere der Vergiftung gehe ich aber davon aus, dass Wigener sehr rasch nach

Verabreichung des – nennen wir's mal Teufelsmahls – erste Vergiftungserscheinungen gezeigt hat und wohl alles in allem auch rascher verstorben ist als Kurt Pullhann. Möglicherweise bereits nach mehreren Stunden.«

Bereits nach mehreren Stunden? Der Chefinspektor mochte sich gar nicht vorstellen, wie es war, einige Stunden hindurch furchtbare Qualen zu erleiden. Schrecklich. Und alles nur wegen eines Teufelsmahls, das Wigener wahrscheinlich anfangs als ein Festmahl empfunden hatte. Teufelsmahl - diese Bezeichnung war mehr als treffend. Wer die Härte besaß, einem anderen bewusst dieses Mahl zu servieren, musste etwas Teuflisches an sich haben.

»Denken Sie, dass es sich um einen Serientäter handelt?«, warf Staudinger ein, dem ob der schrecklichen Nachrichten erneut gewaltig der Schädel brummte.

Doktor Geraldine Grahninger überlegte einen Moment, dann antwortete sie: »Das lässt sich in so einem Fall schwer sagen. Bei einem klassischen Serienmord mit Verstümmelung des Opfers, äußerer Gewalteinwirkung, auffallend sadistischen Elementen hinterlässt der Täter jedes Mal so etwas wie eine Visitenkarte. Da kann man mit relativer Sicherheit sagen, dass es sich um ein und denselben Verursacher handelt. Aber in diesem Fall? Die beiden Männer wurden auf alle Fälle auf die gleiche Art und Weise getötet, aber nach dem, was in den Medien über Kurt Pullhanns Ableben berichtet wurde, hätte wohl jeder das Verbrechen relativ treffsicher kopieren können. Wissenschaftlich betrachtet weiß ich es also nicht, intuitiv, gefühlsmäßig gehe ich aber davon aus, dass Sie nach einem Serienmörder suchen.«

»*Gefühlsmäßig? Doktor Geraldine Grahninger kann tatsächlich fühlen?*«, schoss es dem Gruppeninspektor durch seinen schwer ramponierten Kopf.

Meierhofer seufzte leise. »Gut, obwohl, eigentlich nicht gut. Ich bin dafür, nach Gemeinsamkeiten zwischen den beiden Opfern zu suchen. Vielleicht handelt es sich ja nicht um einen, wie Sie sagen, klassischen Serienkiller, der mehr oder weniger wahllos seine, natürlich in ein gewisses Beuteschema passenden Opfer aussucht, sondern um eine Person, die gezielt Pullhann und Wigener loswerden wollte. Aber das eben auf eine besonders unangenehme Art und Weise.«

»Sie meinen aus Rache? Um sie für etwas büßen zu lassen? Sie leiden zu sehen und schließlich auszulöschen?«, die Gerichtsmedizinerin legte ihre makellose Stirn in Falten. »Dann suchen Sie nach einer Frau. In meinen Augen ist das ein typisch weibliches Verbrechen. Wenn ich jemanden töten wollte, dann würde ich es vielleicht genauso machen. Ihm ein Süppchen kochen, ihn eines vermeintlichen sexuellen Spielchens wegen halb nackt an einen Sessel fesseln und ihn dann qualvoll verrecken lassen.«

Die beiden Inspektoren starrten einander ungläubig an.

Doktor Geraldine Grahninger bemerkte ihre Blicke. Sie lachte laut auf: »Das war ein Scherz, meine Herren! Keine Angst, ich habe keinerlei kriminelle Energie in mir, und hinter diesen Morden kann genauso gut ein Mann stecken. … So, jetzt gehe ich aber lieber, nicht, dass Sie mich noch in U-Haft stecken lassen. Bitteschön, der Bericht, und auf Wiedersehen.«

Die Gerichtsmedizinerin reichte Meierhofer den Obduktionsbericht, warf den beiden Männern ein letztes, gefährliches Lächeln zu und verließ dann das Krankenzimmer so schnell, wie sie gekommen war.

»Ganz normal ist diese Frau nicht«, murmelte Staudinger trocken, als er und der Chefinspektor wieder allein waren.

»*Wer oder was ist schon normal?*«, sinnierte Meierhofer, bevor er, weil es von ihm erwartet wurde, erwiderte: »Nein, wirklich nicht. … Also, wir machen Folgendes, ich fahre jetzt ins Büro, schnappe mir die Namen und Adressen aller Verwandten und Bekannten, die uns im Fall Wigener vielleicht weiterhelfen könnten, und beginne dann mit den Befragungen. Du setzt dich einstweilen bitte mit deiner Bekannten bei der Staatsanwaltschaft in Verbindung. Ich hätte gern die Genehmigung dafür, bei Wigener und Pullhann zuhause alles auf den Kopf stellen zu dürfen. Danach kannst du dich im Internet über mögliche Verbindungen zwischen den beiden Mordopfern schlau machen. Unter Umständen findest du ja etwas.«

Staudinger nickte, so gut er konnte. »Wird gemacht, Chef.«

Meierhofer war schon auf dem Weg nach draußen. Als er im Türrahmen stand, drehte er sich noch einmal zu seinem jungen Kollegen um: »Hoffentlich bist du bald wieder voll einsatzfähig, Stefano. Ohne deine Hilfe wird es schwierig werden, den Täter zu schnappen.«

Der Gruppeninspektor grinste: »Sobald der Oberarzt mein Pickerl verlängert hat, bin ich wieder im Büro, versprochen.«

»Bei einem italienischen Sportwagen wie dir, sollte das mit dem Pickerl ja eigentlich kein Problem sein«, konterte der Chefinspektor lächelnd, »immerhin bist du noch keine alte Rostlaube wie ich.«

»Manche Leute stehen auf Oldtimer«, meinte Staudinger charmant.

Meierhofer entkam ein Lachen. Stefano war wieder der Alte. Gott sei Dank!

*

Chefinspektor Meierhofer war frustriert. Das, was er bisher über Erich Wigener wusste, ließ nicht darauf schließen, dass dieser irgendwelche Feinde gehabt hatte. Der Mann war ein rechtschaffener, bescheidener Tischler gewesen, dessen Frau viel zu früh an Brustkrebs verstorben war. Kinder gab es aus dieser Ehe keine, und auch sonst hatte es nicht den Anschein, als ob Wigener seine Gene durch Reproduktion der Nachwelt hinterlassen hätte. Probleme mit Geschäftspartnern hatte es wohl im Gegensatz zum Fall Pullhann auch nie gegeben, Wigener war als Inhaber einer kleinen Tischlerei stets sein eigener Herr gewesen. Meierhofer konnte sich beim besten Willen nicht vorstellen, wer ein Motiv gehabt hätte, den pensionierten Tischler auf so grausame Weise umzubringen. Hatten sie es möglicherweise doch mit einem durchgeknallten Serienkiller zu tun, der einfach nur aus der Lust am Töten mordete?

Was dem Chefinspektor beim Durchblättern seiner Unterlagen positiv auffiel, war, dass Erich Wigeners Eltern noch am Leben waren. Sie wohnten in Großmotten, einem kleinen Ort nahe Gföhl. Meierhofer seufzte. Dann würde er sich also wieder einmal auf den Weg in das mystische Waldviertel machen.

In diesem Moment klingelte sein Telefon. Der Kriminalbeamte griff nach dem Hörer. »Meierhofer«, bellte er, die Freundlichkeit in Person, als er erkannte, wer am anderen Ende war, wurde sein Ton sanfter, »ah, Stefano, was gibt's? … Das ist ja großartig! … Wusste ich's doch gleich, dass du dein Pickerl kriegst. … Ich bin gerade am Sprung. Muss nach Großmotten, die Eltern von Erich Wigener befragen … Nein, nein, auf keinen Fall, du gehst jetzt erstmal nachhause! Das ist ein Befehl, verstanden!? Morgen kannst du ins Büro kommen, aber heute arbeitest du lieber von zuhause aus. Noch vernünftiger wäre natürlich, du würdest gar nicht arbeiten. Schlaf dich aus! Schau zu, dass du wieder ganz gesund wirst! … Dann höre ich mich eben an wie dein Vater. Ich fahre allein nach Großmotten, keine Widerrede! … Ach ja, eines noch: Denk bitte daran, deine Bekannte bei der Staatsanwaltschaft zu kontaktieren! Irgendwie werde ich das Gefühl nicht los, dass wir in Kurt Pullhanns und Erich Wigeners vier Wänden fündig werden könnten. … Gut, danke, und geh's langsam an! … Ciao!« Meierhofer hatte in den letzten Monaten Staudingers Art, sich zu verabschieden, übernommen. Es ging doch nichts über ein freundschaftliches »Ciao«.

Der Chefinspektor schnappte sich seine Autoschlüssel, einen Notizblock und einen Kugelschreiber, Letzteren von Stefanos Schreibtisch. Außerdem steckte er sein Diktiergerät ein. Vielleicht konnte er es ja brauchen.

Als er die Außenstelle des Landeskriminalamtes verließ, regnete es wieder einmal. Der April hielt heuer wirklich, was er versprach. Auf dem Weg nach Großmotten musste Meierhofer ständig an das Bild denken, das er von Erich Wigener hatte. Den halb nackten Mann, in seinen eigenen blutigen Exkrementen »sitzend«, von oben bis unten voll Erbrochenem. Gut, dass Wigeners Eltern ihn nicht so gesehen hatten. Er würde ihnen auch nichts davon erzählen, beschloss er. Sie sollten ihren Sohn in anderer Erinnerung behalten. Der Chefinspektor hoffte nur, dass Wigener der letzte Mann war, den er so sehen würde. Wenn sie es tatsächlich mit einem Serienmörder zu tun hatten, der des puren Vergnügens wegen tötete, bestand die Gefahr, dass dieser Anblick ihn weiter verfolgen würde. Dass sie immer wieder auf unglaubliche Weise gequälte Männer in einer derart erniedrigenden Position auffinden würden. Männer, die nur wenig älter waren als er. Er selbst passte in das Beuteschema des möglicherweise Serienkillers. Ein Grund mehr, diesen, so schnell es ging, zu schnappen.

13

Meierhofer klopfte, so kräftig er konnte, an die Tür des kleinen, alten Häuschens, vor dem er nun seit etwa drei Minuten stand. Nachdem er nirgends eine Klingel entdecken konnte, blieb ihm auch gar nichts anderes übrig.

»Kriminalpolizei! Bitte machen Sie auf, es ist wichtig!«, schrie er lauthals.

Das Fenster eines Nachbarhauses ging auf.

»Wollen Sie zu den Wigeners?«, fragte die Frau mittleren Alters, die sich kurz darauf ziemlich weit aus demselbigen herauslehnte.

Meierhofer nickte stumm, ging auf die unscheinbare Brünette zu und streckte ihr seinen Dienstausweis entgegen.

»Warten Sie, ich rufe bei den beiden an und sage ihnen, dass sie aufmachen sollen. Sind etwas misstrauisch die zwei, vor allem, seit das mit ihrem Sohn passiert ist.« Der Kopf der Frau verschwand wieder im Inneren ihres Hauses.

Seit das mit ihrem Sohn passiert ist? Die Nachricht vom grauenhaften Tod Erich Wigeners schien sich hier in Großmotten ja ziemlich schnell herumgesprochen zu haben. Während Meierhofer weiter vor der Haustüre wartete, blickte er sich ein wenig um. Das Waldviertel war tatsächlich mystisch. Ein ebenso schönes Fleckchen Erde wie die nahe Wachau.

»Sie san von der Polizei?«, riss ihn Walpurga Wigener aus seinen Gedanken. Die alte Frau sah erbärmlich aus. Sie war klein, furchtbar dünn – ihr schwarzes Kleid schlackerte nur so an ihr – und hatte einen Buckel wie die klassische böse Märchenhexe. Aber nicht das schreckte den Kriminalbeamten ab, sondern die tiefe Trauer, die in ihrem Gesicht stand. Ein Kind zu verlieren, musste immer schrecklich sein, egal, wie alt dieses Kind schon war. Meierhofer mochte gar nicht daran denken, wie es für ihn wäre, wenn seiner Tochter Marianne oder etwa Lukas etwas passieren würde. Dann würde er vielleicht Gebrauch von seiner Dienstwaffe machen. Gegen die eigene Schläfe gedrückt, wohlgemerkt. Es entsprach einfach nicht der von Gott gewollten Ordnung, dass ein Kind vor seinen Eltern starb. Warum es wohl trotzdem immer wieder geschah? Der Chefinspektor dachte an das Gefühl der Panik und der Hilflosigkeit zurück, das ihn durchströmt hatte, als Lukas im letzten Sommer in Gefahr geraten war. Wäre Stefano damals nicht gewesen, seinem Enkel wäre womöglich Schlimmes widerfahren. Dieses Gefühl der Panik und der Hilflosigkeit war dem, was Walpurga Wigener gerade empfand, wahrscheinlich ähnlich.

Der Chefinspektor versuchte, so freundlich und einfühlsam wie nur irgendwie möglich zu klingen, als er die alte Dame ansprach: »Ja, das bin ich, Frau Wigener«, Meierhofer reichte ihr seinen Dienstausweis, »Hans Meierhofer mein Name, Chefinspektor Meierhofer. Ich würde Ihnen gern ein paar Fragen stellen, wenn es Ihnen recht ist. Sie können mir so vielleicht dabei helfen, die Person, die Ihrem Sohn und Ihnen das angetan hat, zu finden.«

Walpurga Wigener gab Meierhofer seinen Ausweis zurück und öffnete ihm die Tür.

»Kommen S‘ herein. Mein Mann und ich war'n gerade dabei, einen Kaffee zu trinken. Wollen S‘ auch einen?«

Meierhofer stellte fest, dass Frau Wigener im Gegensatz zu der reschen Begrüßung vorhin nun ihr schönstes Hochdeutsch hervorkramte. Das tat sie gar nicht mal so schlecht.

»Gern.«

Er folgte der gebrechlichen Frau in das Häuschen, das wohl beinahe so alt war wie seine Besitzerin und auch so aussah. Vor allem aber der abgestandene Geruch, der in der Luft hing, stieß den Chefinspektor ab. Das erinnerte ihn immer an die von ihm verabscheuten Pflichtbesuche bei irgendeiner alten Erbtante seiner Mutter, die er als Kind so gehasst hatte, die Besuche, nicht die

Tante – obwohl, vielleicht auch beides. Jedes Jahr hatte er zu Ostern und zu Weihnachten bei dieser Verwandten vorstellig werden müssen, um sich deren ewig gleichen, langweiligen Geschichten anzuhören. Immer brav und folgsam lächelnd, weil diese Tante, deren Namen er erfolgreich verdrängt hatte, ja schließlich die Erbtante war. Geerbt hatte seine Mutter schließlich nicht einen Groschen, das Ableben der Tante war noch in die Zeit der Groschen und Schillinge gefallen. Ein Ableben, für das der damals etwa zehnjährige Hans Meierhofer ganz dankbar gewesen war, so schrecklich das jetzt auch anmutete.

Der Chefinspektor schob die unliebsamen Erinnerungen beiseite und konzentrierte sich wieder auf das Geschehen im Hause Wigener. Im Wohnzimmer des kleinen Häuschens, das noch mit Tapeten aus den siebziger Jahren des letzten Jahrtausends tapeziert war, was deren aufdringliches Blumenmuster in verschiedenen Orange- und Brauntönen verriet, saß Adalbert Wigener, Walpurgas Ehemann, in einem großen Ohrensessel, der farblich zur Tapete passte. Wigener senior schien noch älter als seine Gattin zu sein, die Meierhofer auf Mitte achtzig geschätzt hätte. Ob er den Neunziger wohl schon überschritten hatte? Er wirkte ebenfalls ziemlich gebrechlich, obwohl er mit Sicherheit einmal ein stattlicher Mann gewesen war. Seine beachtliche Körpergröße hatte Erich Wigener auf alle Fälle von seinem Vater geerbt. Seinem Vater, der ihn nun überlebt hatte, obwohl davon vor einigen Wochen sicher niemand ausgegangen wäre. Adalbert Wigener sah aus, als wäre er dem Sensenmann schon einige Male von der Schaufel gesprungen. Das erste Mal mit Sicherheit während des Zweiten Weltkrieges, wie viele Männer seines Alters, das schloss Meierhofer zumindest aus der Tatsache, dass Adalbert Wigener ein Arm fehlte. Der alte Mann war ebenfalls ganz in Schwarz gekleidet.

»Nehmen S' doch Platz.« Walpurga Wigener deutete auf eine fleckige Stoffcouch, die gegenüber des Ohrensessels stand, in dem Adalbert Wigener kauerte, und verschwand dann Richtung Küche.

Meierhofer versuchte, das Gefühl des Widerstrebens zu ignorieren, das ihm beim Gedanken daran, sich auf der schmutzigen Couch niederzulassen, überkam. Folgsam setzte er sich also hin.

»San Sie von da Polizei?«, raunte Adalbert Wigener in breitestem Waldviertlerisch.

Der Chefinspektor nickte wieder einmal, kramte nach seinem Dienstausweis und zeigte ihm nun auch dem Herrn des Hauses. Der hielt sich den Ausweis knapp vor die bebrillten Augen, gab dann ein seltsames Grunzen von sich und reichte ihn wortlos zurück.

Kurz darauf erschien Walpurga Wigener mit einem Tablett in den Händen im Wohnzimmer. Auf dem Tablett standen eine Kaffeekanne aus gelbem Lilien-Porzellan, drei passende bunte Tassen, ein rosa Milchkännchen und ein Fläschchen Süßstoff.

»Wir dürfen keinen Zucker verwenden. Ich hoff', das macht nix«, meinte die Mutter des Mordopfers entschuldigend.

Meierhofer schüttelte den Kopf. »Ich nehme sowieso nur Milch, danke.«

Walpurga Wigener griff nach einer blauen Tasse, füllte sie bis obenhin mit Kaffee und Milch und reichte sie dem Chefinspektor. Der nahm etwas skeptisch einen ersten vorsichtigen Schluck, stellte dann aber erstaunt fest, dass der Kaffee überraschend gut schmeckte.

»Danke, der ist köstlich«, meinte er lächelnd.

Auf dem Gesicht der alten Dame erschien nun ebenfalls ein Lächeln. Ein Lächeln, das Meierhofer vermuten ließ, dass sie einmal eine schöne Frau gewesen war.

»Danke, dass ich Ihnen ein paar Fragen stellen darf. Mein Beileid zum Tod Ihres Sohnes.«

Walpurga Wigener nickte kurz, ihr Mann reagierte gar nicht.

Der Chefinspektor beschloss, es direkt anzugehen: »Haben Sie eine Vermutung, wer Ihren Sohn auf dem Gewissen haben könnte? Gibt es irgendjemanden, der ihn gehasst hat, mit dem er größere Probleme hatte?«

Erich Wigeners Mutter überlegte einen Moment, dann antwortete sie in schönstem Hochdeutsch leise: »Nein, beim besten Willen nicht. Fällt dir jemand ein, Berti?«

Berti, der immer noch beinahe leblos in seinem Sessel saß, schien nachzudenken. Nach einer Weile schüttelte er den Kopf und raunte: »Na, jeda hot ihn g'mocht, den Erich.«

Seine Gattin ergänzte: »Erich war beim Roten Kreuz und bei der Blasmusik, außerdem auch im Verschönerungsverein. Alles ehrenamtlich natürlich. Seit er in Pension war, hat er ja Zeit für das alles g'habt.«

Frau Wigener, die mit Sicherheit eine gebildete Frau war, wurde Meierhofer immer sympathischer. Er wusste nicht warum, aber sie strahlte etwas Mütterliches aus.

»I glaub' jo, dass ihm des Weib net guat taun hot.«

Meierhofer hatte Adalbert Wigener kaum verstanden, weshalb er dessen Ehefrau hilfesuchend ansah. Die verstand sofort.

»Der Berti meint, dass Erichs neue Freundin ihm nicht gut getan hat. Aber das sehe ich nicht so. Ganz im Gegenteil. Nach Simones Tod, Simone war unsere Schwiegertochter, ist es Erich ganz schlecht gegangen. Erst seit er diese neue Freundin gehabt hat, war er wieder ganz der Alte. Fröhlich, zufrieden, ausgeglichen.«

Adalbert Wigener grunzte verächtlich.

Der Chefinspektor jedoch wurde hellhörig. Es hatte im Leben des Verstorbenen eine neue Frau gegeben? Das war vielleicht von Bedeutung. Noch dazu, nachdem Wigener senior anscheinend der Meinung war, dass diese Frau seinem Filius nicht gut getan hatte.

»Können Sie mir etwas mehr über diese neue Freundin Ihres Sohnes erzählen? Wie heißt sie, wo wohnt sie, wie alt ist sie?«, fragte Meierhofer gespannt.

Walpurga Wigener zuckte mit den Schultern.

»Leider kann ich Ihnen keine dieser Fragen beantworten. Wir haben Sie nicht kennen gelernt, diese Dame. Aber ihren Vornamen, den kenne ich«, die alte Frau schien ihr Gehirn nach dem gesuchten Namen zu durchforsten, »Tamara, ja genau, so heißt sie, Tamara. Erich hat uns ständig von dieser Tamara vorgeschwärmt.«

»Und warum hat er sie Ihnen nicht vorgestellt?«, hakte der Chefinspektor nach.

»Wia worn ned fein genug«, grummelte Adalbert Wigener, was ihm einen strafenden Blick seiner Angetrauten einbrachte.

»Das hat sich einfach nicht ergeben. Ich glaube, diese Tamara lebt in Wien. War wohl nicht so oft in unserer Gegend. Meistens ist der Erich nach Wien gefahren.«

Meierhofer notierte in Gedanken beides. Adalbert Wigeners grantigen Kommentar und die Antwort seiner Ehefrau.

Er legte die Stirn in Falten. »War Ihr Sohn längere Zeit mit dieser Tamara liiert?«

Adalbert Wigener blickte ihn verständnislos an. Seine Frau jedoch erwiderte freundlich: »Also das erste Mal hat er mir kurz vor Weihnachten von ihr erzählt.«

Vier Monate. Ein erwachsener Mann, der vier Monate mit einer Frau liiert war, sie während dieser Zeit aber nicht ein einziges Mal seinen Eltern präsentierte. Das war in Meierhofers Augen seltsam. Andererseits konnte es sein, dass Wigener senior mit seiner missmutigen Bemerkung gar nicht so falsch gelegen hatte. Möglicherweise waren Erich Wigener seine Eltern und deren Häuschen tatsächlich ein wenig peinlich gewesen. Wenn diese Tamara etwa eine verwöhnte Frau aus der Großstadt war, schien das gar nicht so abwegig. Der Chefinspektor trank seinen Kaffee aus und griff dann nach dem mitgebrachten Block und Stefanos Kugelschreiber, um sich vorsichtshalber Notizen zu machen. Walpurga Wigener füllte indessen ungefragt die Tasse des Kriminalbeamten ein zweites Mal auf.

Nachdem Meierhofer fertig war, fuhr er fort: »Wissen Sie vielleicht, ob Ihr Sohn einen Kurt Pullhann kannte? Diplomingenieur Kurt Pullhann, um genau zu sein.«

Adalbert Wigeners einzige Reaktion auf diese Frage war ein leises Schnarchen. Er war tatsächlich eingeschlafen!

»Entschuldigen Sie bitte, aber es geht ihm nicht besonders gut.« Walpurga Wigener war es anscheinend ein wenig peinlich, dass ihr Gatte einfach eingenickt war. »Ich habe leider ein ganz schlechtes Namensgedächtnis. Schreiben Sie mir den Namen dieses Mannes bitte auf, ich werde versuchen, das für Sie herauszufinden. Aber wissen Sie was, ich kann Ihnen ein Fotoalbum mitgeben. Erich hat ein Album angelegt, in dem er Fotos seiner Freunde zur Erinnerung eingeklebt hat. Von der Jugend an bis heute. Wir haben es seit ein paar Wochen bei uns, weil wir ihn zum Fünfundsechziger überraschen wollten. Mit einer großen Feier. Alle diese Freunde wollten wir einladen. Jetzt können sie zu Erichs Begräbnis kommen.«

Walpurga Wigener kämpfte mit den Tränen. Sie war nicht nur ein gebildete, sondern wohl auch eine sehr starke Frau.

»Wenn Sie mir das Album borgen könnten, wäre das großartig, danke.«

Die Mutter des Ermordeten stand auf, schlurfte zu einer großen Kommode und öffnete eine der Schubladen. Sie griff nach etwas.

»Warten Sie! Ich helfe Ihnen!«

Meierhofer eilte auf die alte Frau zu und nahm ihr das riesige, dunkelgrüne Fotoalbum ab, das sie in ihren zitternden Händen hielt. Er widerstand der Versuchung, es auf der Stelle durchzublättern. Walpurga Wigener war anzusehen, dass auch sie eine Pause brauchte. Deshalb reichte ihr der Chefinspektor die rechte Hand.

»Herzlichen Dank, Frau Wigener. Wenn es etwas Neues gibt, melde ich mich bei Ihnen. Das Album bekommen Sie natürlich wieder zurück. Auf Wiedersehen.«

»Auf Wiedersehen, Herr Inspektor.«

Meierhofer hatte das Wohnzimmer bereits verlassen, als Walpurga Wigener ihm etwas nachrief: »Herr Inspektor! Versprechen Sie mir bitte eines: Finden Sie den, der das meinem Erich angetan hat!«

Der Chefinspektor drehte sich zu der alten Dame um.

»Ich verspreche es«, antwortete er mit fester Stimme.
Meierhofer strich sich über seinen Vollbart. Hoffentlich würde er dieses Versprechen auch halten können.

14

»Hans! Das ist aber eine Überraschung, komm doch rein!«

Dominik, Stefano Staudingers Lebensgefährte, geleitete den Chefinspektor ins helle Wohnzimmer der mittelgroßen Eigentumswohnung. Meierhofer war schon einige Male hier gewesen. Er fand es bei Stefano und Dominik gemütlich, auch wenn die Einrichtung für seinen Geschmack ein wenig zu modern war.

»Ich habe mir für heute Pflegeurlaub genommen, weil Stefano ja noch ziemlich ramponiert ist«, erklärte Dominik, ein attraktiver, blonder Mann Anfang dreißig ungefragt, »glücklicherweise habe ich einen liberalen Chef.«

So weit Meierhofer wusste, arbeitete Stefanos Lebensgefährte in einer Bank. Momentan überlegten die beiden, die bereits seit einigen Jahren liiert waren, ob sie sich an eine Verpartnerung wagen sollten oder nicht. Stefano war dafür, Dominik, der sich laut Stefano furchtbar darüber aufregte, dass diese Verpartnerung nur eine Art Pseudo-Ehe war, die sie als Homosexuelle immer noch nicht wirklich mit einem heterosexuellen verheirateten Paar gleichstellte, zögerte noch.

»Lass mich raten, du hättest jetzt am liebsten einen Latte macchiato«, fragte Dominik grinsend, während Meierhofer es sich auf der eleganten Couch bequem machte, die mitten im Wohnzimmer stand.

»Wie kommst du bloß darauf?«, konterte der Chefinspektor schmunzelnd.

»Reine Intuition. Ich mache uns einen. Bin gleich wieder da. Vorher hole ich dir aber noch unseren verletzten Bruce-Willis-Verschnitt.«

Bruce-Willis-Verschnitt? Wahrscheinlich, weil Stefano mit seinem Alleingang einen auf Actionheld gemacht hatte.

Wenig später stand dieser Bruce-Willis-Verschnitt, der optisch eher ein junger Antonio Banderas war, im Wohnzimmer, verschlafen, zerknautscht, eben wirklich ramponiert, also eigentlich genau so, wie ihn Meierhofer bisher noch nie erlebt hatte.

»Was machst denn du hier, alter Mann?«, kam es dem Gruppeninspektor dennoch beinahe keck über die Lippen.

»Danke, ich freue mich auch, dich zu sehen«, erwiderte der Chefinspektor, »eigentlich bin ich hier, um dir das zu zeigen. Ich dachte mir, es wäre richtig, dich in diesem Punkt in die Ermittlungen mit einzubeziehen. Auch wenn du eigentlich ins Bett gehörst, so wie du aussiehst.«

Meierhofer legte das große, grüne Fotoalbum, das er bis jetzt in den Händen gehalten hatte, auf den gewaltigen, ovalen Glastisch, der vor der Couch stand.

»Ein Fotoalbum? Willst du mir jetzt deine letzten Urlaubsfotos zeigen, vom Stausee in Ottenstein?«, spottete Staudinger amüsiert.

»Nein, keine Urlaubsfotos. Viel besser.« Der Chefinspektor erklärte seinem Kollegen, was es mit Erich Wigeners dunkelgrünem Fotoalbum auf sich hatte. Einem Album, in das er, Stefano zuliebe, noch keinen einzigen Blick geworfen hatte. Er war direkt von Großmotten hierher nach Krems, in die Nähe der Donau-Uni gekommen, um diesen Moment mit dem Gruppeninspektor zu teilen. Und um sicherzugehen, dass er auch nichts übersah. Stefano war viel jünger als er und hatte ein weit besseres Gesichter- und Namensgedächtnis. Möglicherweise würde er etwas Wichtiges entdecken, das Meierhofer selbst gar nicht bemerkt hätte.

»Bitteschön, der Latte macchiato. Und ein paar Kekse, hat Stefanos Mamma gebacken.« Dominik platzierte das kleine Tablett, das er in den Händen hielt, auf den Couchtisch.

»Danke, Dominik. Du bist ein Schatz. Schade, dass ich schon verheiratet bin«, meinte Meierhofer zufrieden lächelnd.

»So ein Pech aber auch«, erwiderte Stefanos Lebensgefährte, »dann werde ich mich wohl weiterhin mit dem Gruppeninspektor begnügen müssen. … Ich gehe ins Arbeitszimmer. Wenn ihr was brauchen solltet, gebt mir einfach Bescheid.«

Der Chefinspektor sah dem jungen Mann nach, als dieser den Raum verließ, dann sagte er: »Du hast wirklich Glück mit ihm, Stefano.«

»Genau wie du mit deiner Irene«, lautete die Antwort seines angeschlagenen Kollegen, »aber jetzt gib endlich das Fotoalbum her! Glaubst du etwa, dass Erich Wigener und Kurt Pullhann befreundet waren?«

Meierhofer zuckte mit den Schultern.

»Keine Ahnung, wenn wir Glück haben, schon.«

Der ramponierte Bruce-Willis-Verschnitt hatte mittlerweile neben seinem Chef Platz genommen und sich das Album auf den Schoß gelegt.

»Lass uns von hinten anfangen. Wenn Pullhann und Wigener einander gekannt haben, dann waren sie entweder über längere Zeit befreundet, oder sie waren relativ frische Bekannte, vermute ich jetzt mal«, Staudinger begann, in dem dunkelgrünen Fotoalbum zu blättern. Das erste Jahrzehnt dieses Jahrtausends war für Erich Wigener anscheinend eines gewesen, das vom Knüpfen neuer Freundschaften geprägt war. Es gab unzählige Fotos, die ihn mit Männern und Frauen meist seines Alters zeigten. Unter jedem der Fotos standen die Namen der Personen, die darauf abgebildet waren.

»Nichts, kein Kurt Pullhann«, murmelte der Gruppeninspektor enttäuscht, nachdem er die Jahre 2000 – 2010 durch hatte.

»Und auch keine Tamara«, ergänzte Meierhofer, während er sich gedankenverloren durch den Bart fuhr.

Staudinger konnte mit dem Frauennamen nichts anfangen. »Tamara?«

»Das erzähle ich dir später. Schauen wir erstmal weiter, ob wir Diplomingenieur Kurt Pullhann nicht doch irgendwo in diesem

Monstrum finden. Wie viele Seiten hat das Ding? Ein paar hundert?«

»Sieht so aus. Gut, dann also als Nächstes die Jahre 1990 – 2000.«

Der Gruppeninspektor blätterte weiter. Im letzten Jahrzehnt des 20. Jahrhunderts hatte Wigener nur wenige freundschaftliche Kontakte gepflegt. Das musste die Zeit gewesen sein, in der seine Frau verstorben war. Seine sympathische Gattin Simone, die den beiden Kriminalisten von vielen Fotos der Jahre 1980 – 1989 entgegen lächelte.

Meierhofer runzelte die Stirn. »Immer noch nichts. Wenn Erich Wigener Kurt Pullhann irgendwann mal zu seinen Freunden gezählt hat, dann fällt das wohl eher in die Kategorie Jugendfreundschaft.«

Doch auch bei den Jahren 1970 – 1979 wurden die beiden Männer nicht fündig. Ihnen blieben nun nur noch einige wenige Seiten, die Staudinger bestenfalls halbherzig durchblätterte. Beim Jahr 1964 stoppte er plötzlich. Er deutete auf ein Foto, das drei junge Männer zeigte und irgendwo in der Wachau an einem Donaustrand aufgenommen worden war. Nachdem man im Hintergrund Dürnstein erkennen konnte, handelte es sich wahrscheinlich um den Strand in Rossatz-Arnsdorf.

»Da, das könnte Kurt Pullhann sein!«

»Wo!?«, auch in Meierhofer kam nun wieder Leben.

»Na da, neben dem ganz jungen Erich Wigener!«

Die drei Männer auf dem Foto, die typische Sechzigerjahre-Badehosen trugen, sahen aus, als hätten sie richtig viel Spaß gehabt an jenem sonnigen Sommertag. Einer von ihnen war eindeutig Erich Wigener. Er war groß gewachsen, schlank, aber durchtrainiert, äußerst gutaussehend, ein richtiger Frauenheld eben, rechts von ihm stand ein kleinerer, etwas dicklicher und bei weitem nicht so attraktiver Mann, der tatsächlich Kurt Pullhann hätte sein können. Aufgrund der jungen Jahre noch mit vollem Haupthaar, wohlgemerkt. Links von Erich Wigener stand ein dritter Mann, der noch ein wenig jünger aussah als die beiden anderen. Er war mittelgroß, dünn und hatte ein unschuldiges Bubigesicht. Ihn hatten weder Meierhofer noch Staudinger je zuvor gesehen.

»Scheiße! Gerade bei diesem Foto kann man die Schrift nicht gut lesen!«, fluchte der Gruppeninspektor, der sich redlich bemühte, die zwei Namen, die unter das Foto gekritzelt worden waren, zu entziffern.

»Da hat jemand etwas drübergeschüttet. Keine Ahnung, was das heißen soll«, lautete Meierhofers trockener Kommentar, »aber ich glaube, du könntest recht haben. Das da könnte wirklich Kurt Pullhann sein. Ich weiß schon, wen wir in dieser Sache um Hilfe bitten. Meinen Freund Doppler. Der ist nicht nur bei Blutanalysen super, sondern hat sich auch auf diese Gesichtersache spezialisiert. Du weißt schon, da gibt's so eine Software, mit der man herausfinden kann, ob das Gesicht eines Menschen, zum Beispiel auf einem Foto, mit einem anderen Gesicht übereinstimmt. Wir brauchen also nur ein aktuelles Foto von Pullhann senior und los geht's.«

Staudinger nickte aufgeregt. »Na los, worauf wartest du noch? ... Glaubst du, dass dein Freund das jetzt so schnell einschieben kann? Der hat doch sicher jede Menge Arbeit.«

»Für ein paar gute Flaschen Wein macht mein Freund alles. Er heißt ja nicht umsonst Doppler.«

Meierhofer nahm den letzten Schluck des großartigen Latte macchiatos, dann stand er auf.

»Richte Dominik bitte aus, dass der Kaffee spitze war und dann geh' ins Bett. Du schaust ja furchtbar aus. Sobald ich etwas Neues erfahre, melde ich mich bei dir, versprochen.«

Der nun wirklich erneut besonders zerstört aussehende Bruce-Willis-Verschnitt salutierte übertrieben: »Zu Befehl, Chef! Aber morgen komme ich wieder ins Büro. Da wirst du mich dann nicht mehr so schnell los, alter Mann.«

Meierhofer grinste. »Mach, was du nicht lassen kannst.« Er war gut drauf, wieder etwas optimistischer, was die Klärung der Colchicin-Fälle anging. Sie hatten erneut eine erste Spur. Vielleicht würde er das Versprechen, das er Walpurga Wigener gegeben hatte, ja wirklich halten können.

*

»Du brauchst was von mir?«

Meierhofer stand in Dieter Dopplers Büro, in einer Hand ein nur wenige Wochen altes Foto von Diplomingenieur Kurt Pullhann, in der anderen das alte, dunkelgrüne Fotoalbum. Er legte das aktuelle Foto zur Seite und schlug das Album an jener Stelle auf, an der sich das nostalgische Donaustrand-Bild befand.

»Ich will von dir wissen, ob der Mann auf diesem Foto«, der Chefinspektor deutete auf den dicklichen Mann neben dem jungen Erich Wigener, »unser Mordopfer ist.«

Dieter Doppler, den man in Neudeutsch wohl als einen Freak bezeichnet hätte, rückte seine Brille zurecht, die ihm auf die Nasenspitze gerutscht war. Meierhofer bemerkte wieder einmal, dass die Jahre an seinem alten Freund beinahe spurlos vorüberzugehen schienen. Er war immer noch so schlaksig wie früher, hatte volles, wenn auch ziemlich ungepflegtes, langes Haar, das er zu einem Rossschwanz gebunden trug und das das gleiche Aschblond hatte wie vor Jahrzehnten. Nicht eine graue Strähne, gut, Doppler war auch nicht verheiratet. Er war der Typ *ewiger Junggeselle*.

»Das kostet dich aber einiges«, meinte er nun grinsend.

»Sechs Bouteillen Riesling?«, schlug Meierhofer vor.

Doppler griff nach dem Fotoalbum und dem einzelnen Bild von Kurt Pullhann.

»Gib mir eine halbe Stunde.«

»Gern. Ich gehe einstweilen auf einen Kaffee. In dreißig Minuten bin ich wieder da. Wenn du's dann nicht hast, gibt's nur fünf Flaschen.«

Doppler grinste nun von einem Ohr zum anderen: »Träum weiter, alter Knabe.«

*

Meierhofer saß in einem kleinen, atmosphärischen Kaffeehaus und genoss seinen Latte macchiato, dazu ließ er sich eine verboten gute, üppige Kardinalschnitte schmecken. So entspannt er für die vielen Passanten, die an ihm vorbeikamen, auch wirken mochte, sein Gehirn arbeitete auf Hochtouren. Es gab ein paar Punkte, die ihn beschäftigten:

Erstens: Die Farbe der Waldhütten. Warum waren beide Hütten in demselben, nicht gerade alltäglichen Giftgrün gestrichen? Giftgrün – eigentlich makaber, wenn man daran dachte, woran Pullhann und Wigener zugrunde gegangen waren. Wie auch immer, hatte die idente Farbe eine Bedeutung für den Fall beziehungsweise die Fälle? Meierhofer notierte in Gedanken, dass er die KollegInnen mit großem I der Spurensicherung darum bitten sollte, zu überprüfen, ob es sich möglicherweise sogar um exakt die gleiche Lackart handelte. Kurz erschien Doktor Geraldine Grahningers Gesicht vor seinem inneren Auge, was wohl an den gedachten KollegInnen mit großem I lag, rasch versuchte der Chefinspektor, das Bild wieder loszuwerden. Wie ein Schüler, der das unvorteilhafte Porträt seiner Lehrerin noch schnell von der Tafel löschen wollte, bevor diese das Klassenzimmer betreten würde. Warum ging ihm diese Grahninger nur so schwer aus dem Kopf? Er war doch ein treuer, liebender Ehemann. Was hatte diese Frau, dass sie ihn zumindest gedanklich ein wenig vom rechten Weg abbrachte? Meierhofer spülte den letzten Bissen der Kardinalschnitte mit einem Schluck Kaffee hinunter und zwang sich dann dazu, sich wieder auf die Colchicin-Fälle zu konzentrieren. Wo war er gewesen? Ach ja, bei zweitens. Also…

Zweitens: Diese ominöse Tamara. Wer war sie, und hatte sie vielleicht etwas mit der Ermordung Erich Wigeners zu tun? Wie er herausfinden sollte, wer diese Tamara war, war dem Kriminalbeamten noch ein Rätsel. … Da fiel ihm ein, dass er vergessen hatte, Stefano von ihr zu erzählen. Das würde er nachholen, sobald der

Gruppeninspektor sich ein wenig erholt hatte. Möglicherweise hatte ja er die zündende Idee, wie man der Identität der mysteriösen Freundin aus Wien auf die Spur kommen konnte. Auf der imaginären To-do-Liste in seinem Kopf notierte Meierhofer nun also auch noch ein Telefongespräch mit Stefano.

Drittens: Wenn Kurt Pullhann tatsächlich der Mann auf dem Donaustrand-Bild war, war dann vielleicht auch der dritte Bursche auf dem Foto, der mit dem Bubigesicht, wichtig?

Viertens: Falls es tatsächlich der Fall war, dass Erich Wigener und Kurt Pullhann in den Sechzigerjahren des letzten Jahrtausends befreundet gewesen waren, was hatte dieser Freundschaft dann ein Ende bereitet? Kurt Pullhann war mit Sicherheit auf keinem der aktuelleren Fotos im Inneren des dunkelgrünen Albums abgebildet, also…

Das schrille Klingeln des Diensthandys riss den Chefinspektor brutal aus seinen Gedanken.

»Meierhofer.«

Es war Dieter Doppler.

»Gut, ich komme gleich und, nein, du bekommst nicht sieben Flaschen, weil du fünf Minuten früher fertig warst. Das haben wir nämlich nicht so ausgemacht, mein Freund. …. In Ordnung, darüber lässt sich reden.«

Meierhofer schüttete den Rest des Kaffees in sich hinein, wobei er ein schlechtes Gewissen hatte, weil ein Kaffee von dieser Qualität eigentlich genossen gehörte, winkte der Kellnerin und bezahlte hastig im Stehen. Er konnte es nicht erwarten zu erfahren, was sein Freund Doppler herausgefunden hatte.

*

Das Grinsen in Dieter Dopplers Gesicht schien noch breiter geworden zu sein. Es hatte etwas Erfrischendes, verlieh ihm eine unglaubliche Jugendlichkeit.

»Sag schon, ist das auf dem Foto aus den Sechzigern Kurt Pullhann oder nicht?« Meierhofer war knapp davor, die Geduld zu verlieren.

»Sachte, sachte, Hans, ein alter Mann wie ich ist doch kein Schnellzug«, Doppler rückte erneut seine Hornbrille zurecht, wobei ihm deutlich anzusehen war, dass er es genoss, sein Gegenüber auf die Folter zu spannen, »war übrigens nicht besonders schwierig diese Aufgabe, vor die du mich gestellt hast.«

Chefinspektor Meierhofer fühlte sich wie ein kleines Kind, das sich durch die drei Strophen von Stille Nacht quälen musste, weil erst danach die Geschenke ausgepackt werden durften. Warten war etwas Schreckliches.

Doppler legte das Foto von Kurt Pullhann neben das Donaustrand-Foto aus den Sechzigerjahren des letzten Jahrhunderts, mehr noch, des letzten Jahrtausends. Dann, nach einem kurzen Räuspern, setzte er sachlich zur Erklärung an.

Endlich! Die Weihnachtsgeschenke durften ausgepackt werden. War die heiß ersehnte Modelleisenbahn dabei oder nicht?

»Dieser Mann hier«, Doppler zeigte auf den etwas kräftigeren Burschen neben dem jungen, schönen Erich Wigener, »und dieser Mann hier«, nun deutete er auf das Porträt Kurt Pullhanns, »sind mit, ich würde sagen, beinahe hundertprozentiger Sicherheit...« Eine Kunstpause, die die Spannung beinahe unerträglich machte. »... ein und dieselbe Person.«

Meierhofer atmete auf. Da war sie, die heiß ersehnte Modelleisenbahn. Auf das Christkind war eben Verlass. Obwohl Dieter Doppler dem Christkind nur entfernt ähnlich sah.

»Danke, Dieter. Ich schulde dir was.«

»Allerdings, genau sechs Bouteillen Riesling, aber kauf den guten, bitte.«

Der Chefinspektor lachte auf.

»Für Sie nur das Beste, Herr Doppler ... Falls ich noch etwas brauchen sollte, schaue ich wieder bei dir vorbei, in Ordnung?«

Dieter Dopplers Gesicht wurde erneut von dem spitzbübischen Lächeln eingenommen, das ihn so jung aussehen ließ.

»Jederzeit, beim nächsten Mal geht's aber um ein paar Flaschen Champagner.«

»Furchtbar, diese unverschämte Inflation«, murmelte Meierhofer schmunzelnd. Dann griff er nach dem Fotoalbum und dem Bild von Diplomingenieur Kurt Pullhann. Er fühlte sich immer besser. Das Puzzleteil, das er gefunden hatte, passte tatsächlich. Blieben nur noch geschätzte neunundneunzig andere Teile, die er zu einem großen Ganzen zusammenfügen musste.

15

Angst vor Serienkiller geht um – wann schlägt er erneut zu?
Niederösterreich – Albtraum Serienmörder wird wahr
Zweiter Mann brutal ermordet – Polizei sucht nach Serienkiller

Chefinspektor Meierhofer schob die drei Zeitungen, die einer seiner Kollegen ihm auf den Platz gelegt hatte, angewidert zur Seite. Da waren sie, die Schlagzeilen, die er befürchtet, oder mehr noch, erwartet hatte. Natürlich mussten die Medien diese Chance nutzen. Frei nach dem Motto: Nur eine negative Schlagzeile ist eine gute Schlagzeile. Wenn man nebenbei noch ein bisschen Angst und Schrecken verbreiten konnte, war das umso besser. Die *Sterben wir alle an der Vogel-, Schweine- oder welches Vieh auch immer gerade dran war –grippe?* – Berichte zogen im April ohnehin nicht mehr, und die *Sterben wir alle am Klimawandel?* – Schlagzeilen mussten noch ein paar Wochen bis zur ersten Hitzewelle des Jahres auf ihren Einsatz warten. Also war diese Mordserie zumindest für eine Gruppe von Menschen ein wahrer Glücksfall: für die Medienleute.

Aber deren Freude würde nicht lange währen, dafür würde Meierhofer schon sorgen. Die Serienkiller-Panik würde hoffentlich bald ein Ende haben. Es gab eine Verbindung zwischen Diplomingenieur Pullhann und Erich Wigener und nicht nur eine oberflächliche, wie es schien. Sie waren tatsächlich einmal befreundet gewesen. Schied damit die *Wir suchen nach einem wahnsinnigen Serienkiller, der allein des Tötens willen mordet* – Theorie aus? Meierhofer strich sich nachdenklich über seinen Vollbart. Er konnte das zwar nicht mit Sicherheit behaupten, aber sein Bauch, der antwortete auf diese Frage ganz klar mit einem kräftigen »Ja«. Die Morde an Pullhann und Wigener hatten einen anderen Hintergrund, da war sich der Chefinspektor beinahe sicher. Nun galt es also nur noch, diesen Hintergrund in den Vordergrund zu zerren. Was war es, das Diplomingenieur Kurt Pullhann und dessen Jugendfreund Erich Wigener zu Mordopfern gemacht hatte? Wieder einmal musste Meierhofer an die ominöse Tamara denken, der Adalbert Wigener so gar nichts Gutes hatte abgewinnen können, und da war er plötzlich, klar und deutlich: ein Meierhoferischer Geistesblitz. Dieses Mal war es sein Gehirn, das ihn auf eine geniale Idee brachte, nicht sein Bauch, der sonst für das Intuitive zuständig war.

Der Kriminalbeamte wusste nun auf alle Fälle, was er als Nächstes tun würde, er würde dem unglücklichen, verzweifelten Patrick Pullhann einen Besuch abstatten. Einen Besuch in der Justizanstalt Krems, wo dieser in U-Haft saß. Sozusagen die Vorstufe zu seinem nächsten, staatlich subventionierten Kuraufenthalt in Stein.

*

»Herr Chefinspektor, Sie müssen mich hier rausholen! Das mit meiner Mutter war doch ein Unfall, und außerdem habe ich Ihnen den Tipp mit meinem Kumpel in Wien gegeben. Das muss doch ein Pluspunkt für mich sein, oder?«

Patrick Pullhann war tatsächlich verzweifelt. Aber wer wäre das nicht gewesen, in seiner Situation?

Meierhofer hielt einen Becher mit Automatenkaffee in den Händen, etwas, das für ihn bei Befragungen hier in der Justizanstalt schon zur Tradition geworden war, und versuchte, den U-Häftling zu besänftigen: »Ich kann Ihnen nichts versprechen, Herr Pullhann, aber ich werde Ihre Kooperationsbereitschaft dem Staatsanwalt gegenüber erwähnen. Vor allem, wenn Sie mir jetzt weiterhelfen. Ich habe da nämlich ein paar sehr wichtige Fragen, deren

Beantwortung uns vielleicht dem Mörder Ihres Vaters etwas näherbringen könnte.«

Der junge Mann, dessen Augenringe von bedrohlicher Schwärze waren, zuckte kurz zusammen. Tränen liefen ihm über die Wangen. Anscheinend war ihm sein Vater wirklich sehr nahe gestanden.

»Bitte, fragen Sie mich, was immer Sie wollen. Hoffentlich schnappen Sie denjenigen, der das meinem Papa angetan hat.«

Die Situation hatte etwas Absurdes an sich. Ein mehrfach vorbestrafter Mann, der wegen Totschlages an seiner Mutter in U-Haft saß, wünschte sich, dass ein anderer Verbrecher hinter Gitter kam. Ob ihn das wenigstens zum Nachdenken brachte?

Meierhofer nahm einen Schluck des Automatenkaffees, den er ja eigentlich nicht wirklich mochte, und stellte danach seine erste Frage: »Was mich brennend interessiert, ist die Hütte im Dunkelsteinerwald, die Ihrem Vater gehörte. Können Sie sich möglicherweise noch daran erinnern, welche Farbe die früher hatte?«

Pullhann junior blickte den Kriminalbeamten erstaunt an.

»Und wieso ist das wichtig?«, raunte er ein wenig unfreundlich.

Meierhofer, dem Pullhanns Ton nicht gefiel, wurde nun ebenfalls ein bisschen grantig: »Das steht hier nicht zur Diskussion. Also, wissen Sie es noch? Welche Farbe hatte die Waldhütte, Herr Pullhann?«

Der junge Mann legte die Stirn in Falten. Er schien nachzudenken.

Nach einer Weile antwortete er wieder bedeutend freundlicher: »Ich bin mir nicht sicher. Immerhin ist es schon viele Jahre her, als ich das letzte Mal dort war, also vor der Sache mit Ihrem Kollegen natürlich. … Jetzt ist sie ja grün, die Hütte, aber ich bin mir ziemlich sicher, dass sie das früher nicht war. Ich habe sie braun in Erinnerung, rot-braun, glaube ich. … Grün war sie auf alle Fälle nicht, nein, ganz sicher nicht. … Mich wundert auch, dass Papa die Hütte umgestrichen hat. Soweit ich weiß, mochte er Grün nie besonders.«

Der Chefinspektor horchte auf. Das lief doch wie am Schnürchen. Er hatte zwar noch keinen blassen Schimmer, warum das Umstreichen der Hütte für ihre Morduntersuchung von Bedeutung war, aber dass die Waldhütte nicht von Anfang an giftgrün gewesen war, bestätigte ihn in der Annahme, dass deren Farbe ein Punkt war, den man nicht außer Acht lassen durfte. Vor allem auch, weil Wigeners Hütte in demselben Grün gehalten war.

»Interessant. Damit haben Sie mir schon mal weitergeholfen, Herr Pullhann, danke. Aber da wäre noch etwas. Wissen Sie vielleicht, ob Ihr Vater kurz vor seinem Tod eine neue Freundin hatte? Immerhin war er doch schon einige Jahre von Ihrer Mutter geschieden, als er verstarb.«

Auf Patrick Pullhanns Gesicht erschien ein verschmitztes Lächeln, das beinahe absurd wirkte.

»Papa und die Frauen, das war ein eigenes Kapitel. Wahrscheinlich wissen Sie schon, dass sich meine Mutter vor allem deshalb hat scheiden lassen, weil mein Vater gern Beziehungen zu jungen Frauen pflegte.«

Meierhofer nickte stumm, während er sich gespannt durch seinen Vollbart fuhr.

Pullhann junior räusperte sich kurz, dann erzählte er weiter: »Nun, mein Vater hat seine Freundinnen beinahe so häufig gewechselt wie andere Männer ihre Unterhosen.«

Der Chefinspektor konnte nicht anders: »Also etwa einmal pro Woche?«

Der U-Häftling lachte kurz auf: »In etwa, ja. Was das anging, habe ich mich neben Papa immer etwas wie ein Loser gefühlt. Er, der übergewichtige, glatzköpfige, ältere Mann hat eine fesche, junge Frau nach der anderen abgeschleppt, und ich …? Na ja, lassen wir das.«

Meierhofer hatte das Gefühl, dass er das Gespräch in eine andere Richtung lenken musste. So würden sie nicht weiterkommen: »Gut, also Ihr Vater hatte ständig neue Freundinnen, aber gab es da keine, die er besonders erwähnt hat? Die ihm wichtiger war als die anderen? Die möglicherweise sogar länger bei ihm geblieben ist?«

Patrick Pullhann überlegte nicht lange: »Doch, und das ist ja das Seltsame. … Es muss einige Wochen vor Weihnachten gewesen sein, als er mir das erste Mal von einer neuen Bekannten vorgeschwärmt hat.«

Déjà-vu! Déjà-vu!

»Einer Frau in seinem Alter, etwas, was mir damals ziemlich spanisch vorgekommen ist.«

Ein angenehmes Kribbeln machte sich im Magen des Kriminalbeamten breit. Ein Kribbeln, das nicht auf den nun schon kalten Automatenkaffee zurückzuführen war. »Ja?«, war alles, was er dazu sagte. Er würde Pullhann junior einfach weiterreden lassen.

»Diese Frau, sie muss etwas ganz Besonderes gewesen sein. Noch kurz vor seinem Tod hat er mir von ihr erzählt. … Ich habe sie allerdings nie kennen gelernt. Die Dame war aus Wien und nur selten hier in der Gegend. Deshalb hat Papa meistens sie besucht.«

Déjà-vu! Déjà-vu!

Nun musste Meierhofer doch nachfragen: »Wissen Sie, wie diese Frau geheißen hat?«

»Tamara! Bitte Tamara!«

Der junge Mann dachte kurz nach, dann erwiderte er: »Angelika, glaube ich … ja, Angelika. Aber ihren Nachnamen kenne ich auch nicht.«

Ein klein wenig war der Chefinspektor enttäuscht. Allerdings wirklich nur ein klein wenig. Er reichte Pullhann junior die Hand und meinte freundlich: »Herzlichen Dank für Ihre Hilfe, Herr Pullhann. Sie haben mir wirklich sehr weitergeholfen. Ihr Vater wäre stolz auf Sie.«

Erneut rannen Tränen über die Wangen des U-Häftlings. Vielleicht war Meierhofers letzter Satz doch etwas zu pathetisch gewesen?

Der beinahe bemitleidenswerte junge Mann sah dem Kriminalbeamten direkt in die Augen. Sein Blick erinnerte Meierhofer an den alten Dackel seiner Tante, nicht der Erbtante, wohlgemerkt. »Falls Sie noch etwas von mir brauchen sollten – Sie wissen ja, wo Sie mich finden. … Und bitte, denken Sie daran, dass Sie beim Staatsanwalt ein gutes Wort für mich einlegen wollten.«

Der Chefinspektor nickte nur stumm. Dann überließ er Patrick Pullhann seinem Schicksal. Einem Schicksal, dessen drohende Erfüllung der Mann sich, Dackelblick hin oder her, selbst zuzuschreiben hatte.

*

Zurück im Büro hatte Meierhofer zwei Möglichkeiten: nachhause zu gehen oder noch einmal nach Großmotten zu fahren. Er wurde zwar das Gefühl nicht los, dass ihr Täter noch einmal zuschlagen könnte, trotzdem entschied er sich für Ersteres. Es war einfach schon zu spät, um die beiden alten Leute noch einmal zu stören. Er würde morgen früh bei ihnen vorbeischauen. Das war sicher besser so. Also griff er nach seinem Handy, gab Irene Bescheid, dass er bald nachhause kommen würde, und saß kurz darauf erneut im Auto.

16

Irene war gerade in ihrem großen Gemüsegarten damit beschäftigt, zu überprüfen, ob alles so lief, wie es laufen sollte, als der Chefinspektor seinen Espace vor dem Haus parkte. Er musste ein wenig schmunzeln, während er seine Frau dabei beobachtete, wie sie von Beet zu Beet ging, da ein wenig zupfte, dort etwas aufhob. Die allabendliche Qualitätskontrolle à la Irene eben. Ihr Garten war ihr Reich, in dem Meierhofer nichts zu suchen hatte, außer er stellte sich für minderwertige Hilfsarbeiten zur Verfügung, wie hochsommerliches Gießen oder, bei Regenwetter, Nacktschnecken killen, wenn wieder einmal ein Schneckenjahr war. Heuer schien das bis jetzt zum Glück nicht der Fall zu sein. Irenes akribische und zeitaufwändige Gartenarbeit, die eines ihrer liebsten Hobbys war, würde spätestens in ein paar Wochen die ersten Früchte tragen, und das im wahrsten Sinne des Wortes. Den gesamten Sommer über genossen sie dann frisches Gemüse aus dem eigenen Garten, ein Luxus, den er zu schätzen wusste. Dafür brachte er auch die eine oder andere Nacktschnecke um die Ecke, wenn es denn sein musste.

»Geh‘ schon mal rein, Hans! Ich komme gleich! Du kannst einstweilen aufdecken!«, rief seine bessere Hälfte ihm zu, noch bevor er etwas gesagt hatte. Sie hatte gute Ohren, seine Irene. Er folgte widerstandslos ihrem Aufdeckbefehl, wobei er nicht umhin konnte, neugierig in den Backofen zu spähen.

»Mhm, Surbraten«, murmelte er zufrieden. Ein Murmeln, das vom lauten Knurren seines Magens übertönt wurde. Er war den ganzen Tag so beschäftigt gewesen, dass er gar nicht bemerkt hatte, wie hungrig er war. Außer einem schnellen Frühstück und der

Kardinalschnitte hatte er noch nichts gegessen. Das waren ja beinahe nulldiätische Verhältnisse.

Eine halbe Stunde später hatte der Chefinspektor seinen täglichen Kalorienbedarf mehr als gedeckt, mehr noch, ihn um einiges überschritten, aber das kümmerte ihn nicht. Er hatte zwei verzwickte Fälle zu lösen, da brauchten sowohl sein Gehirn als auch seine Nerven adäquate Nahrung.

Er überlegte gerade, ob er noch einen Knödel essen sollte, als Irene die entspannte Stimmung mit einem Schlag zerstörte: »Heute hat übrigens eine Frau Doktor Grahninger bei uns angerufen. Kurz bevor du nachhause gekommen bist. Keine Ahnung, was sie wollte. Hat irgendwie schockiert geklungen, als sie meine Stimme gehört hat. Ausrichten soll ich dir auch nichts. Wer ist denn diese seltsame Trulla?« Trulla war Irenes Ausdruck für alles Weibliche, das ihr unsympathisch war.

Meierhofer wurde heiß und kalt. Er unterdrückte den spontanen Drang, Doktor Geraldine Grahninger zu verteidigen, und wunderte sich zeitgleich wieder einmal über sein schlechtes Gewissen. Eigentlich gab es keinen Grund dafür. Oder etwa doch? Innerlich durchatmend und danach so ruhig und gelassen wie möglich antwortete er: »Doktor Grahninger ist die neue Gerichtsmedizinerin, von der ich dir vor ein paar Wochen erzählt habe.«

Nach einer kurzen Pause zwang er sich zu einem: »Sie ist ein wenig seltsam. Stefano mag sie auch nicht besonders.«

»Und was ist mit dir? Kommst du mit ihr zurecht?«, fragte Irene nach. Eine Frage, die mit Sicherheit rein professionell gemeint war, schließlich war Eifersucht in ihrer Ehe kein Thema. Trotzdem machte den Kriminalbeamten die Frage nervös. Er fühlte sich wie ein Verdächtiger während einer Vernehmung, zumindest nahm er an, dass man sich als Verdächtiger während einer Vernehmung so fühlte. So beiläufig wie möglich zuckte er mit den Schultern.

»Es geht so. Sie ist eine gute Gerichtsmedizinerin, mehr interessiert mich nicht.«

Lüge!

Irene, die die Unsicherheit ihres Göttergatten mit Sicherheit spürte, hakte nach: »Ist sie hübsch?«

Jetzt nur nicht rot werden!

»Keine Ahnung, auf so etwas achte ich nicht«, presste Meierhofer ein wenig zu rasch hervor.

Lüge!

Vom Thema ablenken! Er musste vom Thema ablenken!

»Der Surbraten war köstlich, Schatz, danke. … Hast du heuer eigentlich schon Nacktschnecken gefunden, draußen in deinem Garten?«

Wo sonst? Besonders geschmeidig ging er sie nicht an, die Mission *vom Thema ablenken*.

»Weißt du, ich dachte, wir könnten uns vielleicht ein paar dieser Laufenten zulegen, die fressen die Viecher doch. Was meinst du, wär' das nicht was?«

Irene zögerte.

»Ich weiß nicht, die machen doch sicher jede Menge Lärm. Außerdem machen sie in den Garten – dann haben wir überall die Entenkacke. Nein, ich glaube, das Nacktschnecken-Töten bleibt deine Aufgabe. Du kannst ruhig auch ein bisschen was zum Wohl unseres Gemüses beitragen. Immerhin verputzt du ja den Großteil davon.«

Mission accomplished. Auch wenn Irene ein wenig säuerlich klang.

Der Chefinspektor seufzte theatralisch, wobei er dezent salutierte: »Na gut! … Hans, der Schneckenkiller, stets zu Ihren Diensten, Madame.«

Irene kicherte leise.

»Wenn ich dich brauche, gebe ich dir Bescheid. Heuer ist aber anscheinend eh kein Schneckenjahr. … Möchtest du auch was Süßes?«

Meierhofer atmete erleichtert aus, allerdings auch nur innerlich, weil es sonst zu auffällig gewesen wäre. Doktor Geraldine Grahninger war kein Thema mehr, und das war gut so.

»Gern, was gibt's denn?«

Als er und Irene eine *Heiße Liebe* verdrückten, die Irene schnell gezaubert hatte, beschäftigte den Kriminalbeamten vor allem eines: Warum hatte Geraldine Grahninger bei ihm zuhause angerufen? An die Colchicin-Toten dachte er ausnahmsweise überhaupt nicht mehr.

*

Am nächsten Morgen war Doktor Grahninger vorerst wieder vergessen. Vorherrschend war nun die Sorge um Stefano, der eben angerufen hatte, um Meierhofer mitzuteilen, dass seine Kopfschmerzen wieder schlimmer geworden waren, weshalb er der Abklärung wegen zum Arzt gehen würde.

Also blieb dem Chefinspektor nichts anderes übrig, als allein nach Großmotten zu fahren, um den Wigeners einen Besuch abzustatten.

Als er eine halbe Stunde später an der Haustür der Wigeners klopfte, wurde ihm dieses Mal sofort geöffnet.

»Ah, der Herr Inspektor. Kommen Sie doch herein«, begrüßte ihn Walpurga Wigener, dieses Mal gleich in beinahe perfektem Hochdeutsch, überraschend freundlich. Anscheinend ging es ihr heute etwas besser, vielleicht aber auch wegen des Versprechens, das Meierhofer ihr gegeben hatte.

»Danke, Frau Wigener, und entschuldigen Sie bitte, dass ich noch einmal störe, aber mit Hilfe des Fotoalbums Ihres Sohnes sind wir nun ein bisschen weitergekommen in unseren Ermittlungen, und jetzt hätte ich noch ein paar dringende Fragen, die nur Sie mir beantworten können.«

Walpurga Wigener nickte, dann schlug sie vor: »Heute ist's so schön. Setzen wir uns doch kurz in den Garten. Mein Mann schläft noch, und ich möcht' ihn nicht aufwecken.« Bereitwillig folgte der Chefinspektor der alten Frau in einen kleinen, zauberhaften Garten hinter dem Häuschen der Wigeners. Ob die beiden Greise den noch allein instand hielten? Er war zwar ziemlich verwuchert, beeindruckend war vor allem die dichte Buchsbaumhecke, die das gesamte Gärtchen einrahmte, wirkte aber dennoch gepflegt.

Walpurga Wigener nahm auf einem rustikalen, hölzernen Bankerl Platz und deutete dem Kriminalbeamten, sich neben sie zu setzen, was dieser auch folgsam tat. So behutsam wie nur irgendwie möglich, begann er, seine Fragen zu stellen: »Frau Wigener, wir haben herausgefunden, dass Kurt Pullhann, das zweite Mordopfer, tatsächlich ein Freund Ihres Sohnes war, ein Jugendfreund sozusagen. Die beiden dürften Mitte der Sechzigerjahre in Kontakt gestanden haben. Fällt Ihnen nicht vielleicht doch noch etwas dazu ein?«

Walpurga Wigener überlegte angestrengt. »Kurt Pullhann, Kurt Pullhann...«, flüsterte sie dabei, nach einer Weile veränderte sich ihre Miene, sie begann zu lächeln und sagte freudig: »Aber sicher! Dass ich da nicht gleich draufgekommen bin. Der Kurti war ein guter Freund vom Erich. Die beiden haben sich in Krems kennen gelernt, auf irgendeinem Festl. ... Natürlich, der Kurt! Der Waldhütten-Kurti!«

Meierhofer wurde hellhörig: »Was haben Sie da gerade gesagt, Frau Wigener?«

»Der Waldhütten-Kurti. So haben wir ihn genannt, weil er derjenige war, der die Idee zu dieser seltsamen Wette hatte.«

Da war es wieder, das Kribbeln im stattlichen Bauch des Chefinspektors.

»Welche Wette denn?«, fragte er neugierig nach.

Walpurga Wigener räusperte sich, bevor sie erklärte: »Der Erich und der Kurti haben sich als junge Burschen auf dem Fest in Krems kennen gelernt und sich gleich gut vertragen. Und irgendwann sind sie draufgekommen, dass sie beide ein Waldstück besitzen. Der Erich das im Gföhler Wald, der Kurti eines im Dunkelsteinerwald. Na ja, und irgendwann hab'n s' dann diese Wette abgeschlossen. Ich glaub' der Auslöser war irgendein Mädel, das ihnen beiden gefallen hat. Sie haben gewettet, wer von ihnen schneller eine Waldhütte bauen kann. So was ist früher ja noch viel einfacher gegangen als heute – Sie wissen schon, die ganzen Genehmigungen, die man heutzutage braucht, wenn man irgendwo eine Hütte aufstellen will, na ja... Die Pläne haben der Erich und der Kurti damals gemeinsam gezeichnet, sie wollten, dass die Hütten beide gleich groß sind und auch gleich schwierig zu bauen, die Bedingungen waren also dieselben... Der Kurt hat übrigens gewonnen. Er war eine Woche vor dem Erich fertig.«

In Meierhofers Kopf überschlugen sich die Gedanken. Das war ja phänomenal! Die beiden Hütten, die der Mörder wohl äußerst bewusst als Tatorte gewählt hatte, hatten für die beiden Opfer eine besondere Bedeutung gehabt. Sogar deren Entstehungsgeschichte verband die Colchicin-Toten miteinander. Wenn das nicht ein Hinweis war, der sie weiterbringen konnte!

»Was war denn der Wettgewinn?«, wollte der Chefinspektor wissen.

Walpurga Wigener zuckte mit ihren zerbrechlichen Schultern.

»Das weiß ich leider nicht mehr. Aber die Ehre, die allein war wichtig. Der Erich wollte seine Ehre damit verteidigen.«

Noch eine Frage beschäftigte Meierhofer: »Wissen Sie vielleicht noch, welche Farbe die Hütte gehabt hat, als Ihr Sohn sie gebaut hat? Jetzt ist sie ja grün. War das schon immer so?«

Die alte Frau blickte den Kriminalbeamten erstaunt und auch ein wenig entsetzt an.

»Grün? Sind Sie sicher? Ich war schon länger nicht mehr dort, aber die Hütte war doch immer braun. Die natürliche Farbe vom Holz hat sie halt g'habt. Sie wissen schon, früher heller, dann hat's nachgedunkelt. ... Grün, das versteh' ich nicht. Der Erich hat Grün nie besonders gern g'habt.«

Déjà-vu, oder hieß es in so einem Fall nicht eher déjà écouté? Wie auch immer, beinahe denselben Satz hatte Meierhofer erst gestern gehört. Aus dem Mund des U-Häftlings Patrick Pullhann.

Der Chefinspektor wollte sich gerade von Walpurga Wigener verabschieden, als ihm noch etwas einfiel: »Ah, eine Frage hätte ich noch, Frau Wigener. Auf dem Foto, das Ihren Sohn mit Kurt Pullhann zeigt, ist noch ein dritter Mann. Ein ziemlich schmächtiger Bursche. Wissen Sie vielleicht, ob es während dieser Zeit einen Dritten im Bunde gab? Möglicherweise war er ja auch an diesem Wettbewerb beteiligt?«

Dieses Mal musste die alte Frau nicht lange nachdenken: »Aber sicher hat es den gegeben. Ich weiß aber nur noch seinen Vornamen: Berti, weil er so ähnlich geheißen hat wie mein Mann. Der Bert, wir haben ihn immer Berti genannt, weil er so jung ausg'schaut hat, war der Schiedsrichter in diesem Wettbewerb, weil er kein eigenes Waldstück g'habt hat. Ich glaube, das hat ihn damals eh ziemlich fertig g'macht. ... War ein lieber Kerl, der Berti. Leider hab' ich ihn nachher nie wieder gesehen, so wie den Kurti auch. Ich versteh' immer noch nicht, warum sich die drei Burschen so zerstritten haben. Auf einmal war's vorbei mit der Freundschaft. Von einem Tag auf den ander'n.«

Meierhofer bemerkte, dass Walpurga Wigener immer mehr ins Umgangssprachliche abrutschte. Sie schien müde zu werden. Er wollte sie nicht mehr länger belästigen, deshalb stand er auf, reichte ihr die Hand und meinte: »Vielen Dank, Frau Wigener. Sie haben mir wieder sehr geholfen. Ich melde mich bei Ihnen, wenn ich etwas Neues weiß. Das Album würde ich übrigens gern noch ein bisschen behalten. Aber Sie bekommen es wieder, versprochen.«

Walpurga Wigener quälte sich ebenfalls auf.

»Behalten Sie sich das Album, solang' Sie wollen, Herr Inspektor. Ich brauch's eh nicht mehr.« Tränen rannen ihr über die faltigen Wangen. »Und denken Sie dran, was Sie mir versprochen haben!«

Hans Meierhofer nickte stumm. Dieses Versprechen würde er nicht vergessen. Er würde es halten, komme, was wolle.

*

Zurück in der Außenstelle des Landeskriminalamtes Niederösterreich wurde Meierhofer bereits erwartet, von Gregor, dem Mann, der das Zeug zum Ganzkörperkondom-Model gehabt hätte.

»Na endlich, der Herr Chefinspektor ist eingetroffen – spät, aber doch. Jetzt hättest du mich fast verpasst, einen Schluck Kaffee habe ich noch.«

Gregor, der Spurensicherer, kippte sein Kaffeehäferl, das Hans-Kaffeehäferl, das eigentlich nur Meierhofer benutzte, so, dass der Chefinspektor das schwarze Lackerl sehen konnte, das sich noch darin befand. Brrr.. wie konnte man nur freiwillig schwarzen Kaffee trinken?

»*Aber ein Milchkaffee, der wäre jetzt was*«, steuerte Meierhofers Gehirn dessen Körper zur Espressomaschine.

»Gregor, welchem Anlass verdanke ich die Ehre, dich aus meiner Tasse trinken lassen zu dürfen?«

Der Spurensicherer blickte auf den *Hans*-Schriftzug, der das Häferl in seinen Händen von einem normalen Trinkgefäß in ein kitschiges verwandelte, zuckte mit den Schultern, schüttete den letzten Schluck des schwarzen Gebräus in sich hinein und erklärte dann: »Ich habe einige Neuigkeiten für dich. Die spannendste ist wahrscheinlich, dass tatsächlich beide Waldhütten mit dem gleichen Lack gestrichen wurden. Es handelt sich dabei um einen handelsüblichen, seidenmatten Universallack in der Farbe Hellgrün. Kriegst du in jedem Baumarkt, das Zeug. Genau wie die zur Fesselung benutzten Seile und Gurte, die sind auch Nullachtfünfzehn-Modelle, sowohl die aus der Gföhler Waldhütte als auch die aus dem Dunkelsteinerwald. Weißt du, was uns noch aufgefallen ist?«

Meierhofer, der gerade in den unendlichen Weiten des Kühlschrankes auf Milchsuche war, murmelte: »Nein, aber du wirst es mir sicher gleich verraten.«

»Falls du Milch suchst – ihr habt keine mehr.«

Der Chefinspektor ließ die Kühlschranktür ein wenig lauter zuknallen, als dies eigentlich nötig gewesen wäre, und griff grantig nach der Tasse voll schwarzem Kaffee, den er nun runterwürgen musste. »Saftladen«, flüsterte er dabei verärgert.

Gregor, der Spurensicherer, beobachtete den Chefinspektor amüsiert. »Wir haben für solche Fälle immer Milchpulver im Büro. Ist zwar nicht genauso gut wie frische Milch, aber besser als die schwarze Brühe.«

Placebo-Milch, daran würde er beim nächsten Einkauf denken.

»Also, was ist euch noch aufgefallen?«, fragte Meierhofer nach, als Gregor nicht von selbst weitererzählte.

»Die Hütten, wir haben sie natürlich genau unter die Lupe genommen. Dabei ist uns aufgefallen, dass sie beide exakt den gleichen Grundriss haben. Als wären deren Erbauer nach ein und demselben Plan vorgegangen.«

Das überraschte den Chefinspektor nicht mehr wirklich. Nun war es an ihm, zu erklären: »Das sind sie auch. Ich habe eben von der Mutter des Toten aus dem Gföhler Wald erfahren, dass die beiden Hütten praktisch um die Wette erbaut worden sind nach einem identen Plan. Grün waren sie ursprünglich übrigens beide nicht.«

Der Spurensicherer nickte langsam, dann meinte er: »Das wundert mich nicht. Die Lackschicht auf dem Holz ist noch sehr frisch, darunter haben wir nur braune Lackspuren gefunden, genauer genommen bei der Hütte im Dunkelsteinerwald Spuren in einem satten Rot-Braun, die Hütte im Gföhler Wald war vor der grünen Phase ihres Besitzers relativ hell gestrichen, wahrscheinlich Buche.«

Meierhofer nahm einen Schluck von dem schwarzen Kaffee, was die Geschmacksknospen in seinem Mund mit wildem Protest quittierten. Kaffee waren sie eben nur mit jeder Menge Milch gewohnt. Gregor von der Spurensicherung stand einstweilen auf, um die *Hans*-Tasse, die er sich ausgeborgt hatte, in die Abwasch zu stellen. Dabei fiel sein Blick auf einen ziemlich verschmutzten Suppenteller, der wohl schon länger darin darauf wartete, in den Geschirrspüler verfrachtet zu werden.

»Das hätte ich jetzt fast vergessen!«, rief der Spurensicherer daraufhin beinahe entsetzt. »Wir haben das Geschirr, das sich in der Hütte befunden hat, genau inspiziert. Auf einem Suppenteller in der Wigener-Hütte konnten wir Reste von Colchicin sichern. Da hat der Täter oder die Täterin wohl etwas geschlampt beim Abwaschen. Der Tote hat die Herbstzeitlosenblätter also mit großer Wahrscheinlichkeit in Form einer Suppe serviert bekommen, könnte aber auch ein Eintopf gewesen sein. Irgendetwas halt, das man aus einem tiefen Teller isst.«

Chefinspektor Meierhofer dachte daran, dass Doktor Geraldine Grahninger erwähnt hatte, dass das Gift der Herbstzeitlosenblätter stärker wirken würde, wenn diese erhitzt wurden. Ob das dem Täter oder der Täterin bewusst gewesen war?

»Ich geh‘ jetzt, Hans. Wenn's wieder etwas Neues gibt, melde ich mich. Vielleicht schaue ich auch wieder bei dir vorbei.«

»Bis dahin haben wir auch Milchpulver im Haus, versprochen. … Ach ja, und danke, Gregor. Deine Erkenntnisse bringen uns zwar nicht um vieles weiter, aber sie erhärten zumindest einen Verdacht.«

»Welchen?«, fragte der Spurensicherer nach.

»Dass die Farbe der Hütten irgendetwas mit den Taten zu tun haben muss. Ich weiß nur noch nicht, was.«

»Also, clever wie du bist, wirst du das schon herausfinden, Herr Chefinspektor. Mach‘s gut!«

»Mach‘s besser!«

Meierhofer betrachtete den Suppenteller in der nun schon ziemlich vollen Abwasch. Dabei dachte er an die knallgrünen Waldhütten. Es war mit Sicherheit von Bedeutung, dass sie beide vor nicht allzu langer Zeit in diesem eigenwilligen Grün gestrichen worden waren. Aber warum nur? Wo gab es da einen Zusammenhang?

17

»Guten Tag, Herr Chefinspektor. Ich dachte mir, ich schaue mal bei Ihnen vorbei. Wo haben Sie denn Ihren Kollegen gelassen?«

Meierhofer erschrak, als er plötzlich Geraldine Grahninger vor sich stehen sah. Er war gerade in Gedanken gewesen, hatte über die Fälle nachgedacht und dabei die Augen geschlossen. Für einen kurzen Moment hatte er dabei die Grenze ins Traumland überschritten, aber wirklich nur für einen kurzen. Dort war ihm die Gerichtsmedizinerin begegnet, und nun? Jetzt stand sie vor ihm. In echt sozusagen. Atemberaubend anzusehen in dem engen, schwarzen Kostüm, das sie heute trug. Rasch nahm der Chefinspektor die Beine von seinem Schreibtisch.

»Frau Doktor Grahninger. Was verschafft mir die Ehre?«, fragte er ehrlich erstaunt, dabei schoss ihm durch den Kopf, dass die Ärztin am Vortag bei ihm zuhause angerufen hatte. Er beschloss, so zu tun, als wüsste er nichts davon.

»Ach, ich wollte nur sehen, wie es dem Kollegen Staudinger geht. Hat er seine Gehirnerschütterung gut überstanden?«

Doktor Grahninger setzte sich auf Meierhofers Schreibtisch, genau so, dass ihr ohnehin schon etwas zu kurzer Rock ein wenig nach oben rutschte und einen Großteil ihrer wohlgeformten Beine preisgab. Warum tat sie das? Wollte sie ihn reizen? War sie etwa interessiert an ihm? Immerhin fiel er eindeutig in die Kategorie *samtig gealtert*. Aber sie musste doch bemerkt haben, dass er verheiratet war, spätestens seit ihrem Anruf gestern sollte sie sich dessen bewusst sein. Der Kriminalbeamte schluckte, als Grahninger sich zu ihm beugte. Er spürte, wie er zu schwitzen begann. Was war nur mit ihm los? Warum reagierte er so auf diese Frau?

Er war doch ein glücklich verheirateter Mann, seit Jahrzehnten treu und absolut nicht anfällig für außereheliche weibliche Reize, aber diese Grahninger, die brachte ihn noch um den Verstand!

Der Chefinspektor sprang auf, wobei er beinahe seine halb volle Kaffeetasse umstieß, was ob des Fehlens von Milch darin nur aus fleckentechnischer Sicht ein Drama gewesen wäre, dann stammelte er: »Stefano.... Dem geht's leider nicht so besonders. Seine Kopfschmerzen, sie sind wohl wieder schlimmer geworden. Er ist gerade beim Arzt, der Kollege Staudinger.«

»Da bin ich einmal nicht im Büro, und schon haust du über mich aus.«

Meierhofer atmete erleichtert auf, Stefano Staudingers Schützenhilfe konnte er nun wirklich gut gebrauchen. Er wusste nicht warum, aber allein in einem Raum mit Doktor Geraldine Grahninger, das machte ihm Angst. Zum Glück musste er sich der Gefahr und möglicherweise auch der Versuchung nun nicht länger aussetzen. Das Erscheinen des Gruppeninspektors hatte deren herausforderndem Verhalten nämlich abrupt ein Ende gesetzt.

Die Gerichtsmedizinerin stand auf, fuhr sich durch die Haare und meinte dann lapidar: »Ah, der Herr Gruppeninspektor Staudinger. Dann kann ich Sie ja gleich persönlich fragen, wie es Ihnen geht.«

Staudinger legte seine makellose Stirn in Falten. Er mochte diese Frau nicht. Überhaupt nicht. Was sollte diese gespielte Anteilnahme? Was bezweckte sie damit? Wollte sie so an Hans herankommen? Sie machte sich an den Chefinspektor heran, das war nicht zu übersehen.

»Es geht. Die Kopfschmerzen sind halt ziemlich lästig, aber dank der neuen Wunderpillen, die mir mein Arzt verschrieben hat, habe ich sie jetzt hoffentlich im Griff.«

Der Gruppeninspektor legte eine 50-Stück-Schachtel eines Schmerzmittels auf Meierhofers Schreibtisch, dessen Name dieser noch nie gehört hatte. Geraldine Grahninger griff mit ihren zarten Händen danach.

»Die Dinger sind wirklich gut, passen Sie nur auf, dass Sie nicht zu viele davon erwischen, sonst bekommen Sie noch Halluzinationen. Nicht, dass Sie noch imaginäre Stimmen hören.«

Die beiden Inspektoren blickten die Gerichtsmedizinerin entsetzt an. Sie war zwar erst seit kurzem hier bei ihnen im Dienst, aber es war trotzdem sehr unwahrscheinlich, dass sie nichts von den Stimmenfällen des letzten Sommers mitbekommen hatte. Wie zynisch und unsensibel war diese Frau bloß?

»*Genauso zynisch und unsensibel wie attraktiv und verführerisch*«, dachte Meierhofer, während Stefano Staudinger immer noch nur entsetzt dreinschaute.

»Ach, jetzt seien Sie doch nicht so humorlos, war doch nicht böse gemeint«, flötete die Gerichtsmedizinerin daraufhin, »gibt es eigentlich schon etwas Neues in unseren Colchicin-Fällen? Wissen Sie schon, wer die beiden alten Knacker auf dem Gewissen hat, meine Herren?«

Da war er wieder, der kalte und mehr als unsensible Grahninger-Zynismus. Auch wenn die Gerichtsmedizinerin ihn rein optisch beeindruckte, mit diesem Satz hatte sie sich, zumindest für den Augenblick, beim Chefinspektor ins Aus gestellt, möglicherweise auch, weil er selbst ein alter Knacker war oder zumindest auf dem besten Weg dorthin. Trocken antwortete er: »Nein, das wissen wir nicht. Falls es etwas geben sollte, das für Sie von Interesse sein könnte, melden wir uns bei Ihnen, Frau Doktor.«

Doktor Geraldine Grahninger verstand, dass sie eben nach draußen komplimentiert worden war. Sie zuckte gelangweilt mit den Schultern und zischte, Kobra-Lächeln inklusive: »Ich spüre schon, wann meine Anwesenheit nicht erwünscht ist. Auf Wiedersehen, die Herren.«

Dann verließ sie das Büro betont hüftschwingend. Eine Tatsache, die zwar Meierhofer ein wenig beeindruckte, den Gruppeninspektor jedoch kalt ließ: »Diese Frau ist einfach nur unsympathisch. Ich weiß nicht, warum, aber ich werde das Gefühl nicht los, dass mit der etwas nicht stimmt. … Und du bist übrigens glücklich verheiratet, alter Mann, aber daran muss ich dich hoffentlich nicht wirklich erinnern.«

Der Chefinspektor spürte die Welle des schlechten Gewissens, die in ihm hochstieg. Betont locker erwiderte er: »Nein, wieso? Man wird sich doch noch Gusto holen dürfen. Gegessen wird natürlich zuhause.«

Staudinger schüttelte entgeistert den Kopf.

»So ein Satz aus deinem Mund. Ich bin schockiert, Hans. Was so ein paar Kurven aus euch heterosexuellen Männern machen können, ist eigentlich eine Schande. Aber glaub mir, diese Geraldine Grahninger, die gehört nicht zu den Guten. Die hat ein paar Leichen im Keller, das spüre ich. Das sagt mir mein Instinkt.«

Meierhofer, dem es äußerst unangenehm war, über die Gerichtsmedizinerin zu sprechen und damit auch an sie zu denken, lenkte vom Thema ab: »Und, bist du jetzt wieder einsatzfähig?«

Der Halbitaliener machte es sich bereits auf seinem Schreibtischsessel bequem. »Aber sicher, Unkraut verdirbt nicht. Ich bin zwar vielleicht nicht topfit, aber einsatzfähig allemal. Was gibt's denn wirklich Neues? Ich nehme an, du wolltest nur nicht jedes Detail des aktuellen Ermittlungsstandes der Grahninger auf die Nase binden, oder?«

Meierhofer nickte.

»Stimmt. Ein bisschen was gibt es schon. Ich erzähle dir einfach alles der Reihe nach.« Ein schrilles Klingeln aus Staudingers Hose unterbrach den Chefinspektor. Kurz darauf hatte der Gruppeninspektor auch schon sein Handy am Ohr.

»Ja....mhm......Super! Du bist die Beste! Küsschen!«

Hans Meierhofer beobachtete seinen jungen Kollegen interessiert. Dann meinte er ein wenig provokant: »Du hast jetzt aber nicht plötzlich die Seiten gewechselt, also das Ufer, meine ich.«

Staudinger musste schmunzeln. »Wo denkst du hin! Nein, nein, ich bleib schon den Y-Chromosomen treu, keine Angst, ... das war eben meine Bekannte von der Staatsanwaltschaft. Das mit den Hausdurchsuchungen geht natürlich in Ordnung. Wir dürfen bei

Kurt Pullhann und Erich Wigener alles auf den Kopf stellen. Den richterlichen Segen dazu haben wir.«

Meierhofer strich sich mit der Hand über seinen Vollbart.

»Sehr gut. Dann wissen wir nun, was wir als Nächstes machen. Ich fahre vorsichtshalber, immerhin bist du auf Drogen«, der Chefinspektor deutete auf die Schmerzmittel-Schachtel, die immer noch auf seinem Schreibtisch lag, »im Auto erzähle ich dir dann alles, was du wissen musst. Vielleicht kannst du ja mit den neuen Erkenntnissen mehr anfangen als ich. Mir fehlt immer noch die erleuchtende Eingebung, die alles plötzlich ganz logisch erscheinen lässt.«

»Fehlt die nicht uns allen?«, konterte Staudinger, während er nach den Schmerzmitteln griff. »Die nehme ich lieber mit. Ich darf bis zu sechs davon pro Tag nehmen.«

Meierhofer zog die Augenbrauen hoch. »Sechs starke Schmerzmittel an einem Tag? Bist du dir sicher, dass du einsatzfähig bist?«

»Sicher bin ich sicher. Außerdem kommst du ohne meine Hilfe ohnehin nicht weiter. Wer weiß, vielleicht habe ich ja die erleuchtende Eingebung, wenn ich sechs dieser Dinger genommen habe?«

»Hoffen wir's«, lautete der knappe Kommentar des Chefinspektors. Er kramte in seiner Jackentasche nach dem Autoschlüssel, den er darin deponiert hatte. Als er fündig geworden war, fragte er: »Zuerst zu Erich Wigeners bescheidenem Zuhause, oder willst du lieber Diplomingenieur Kurt Pullhanns fürstliche Residenz … wie hast du es vorhin genannt … auf den Kopf stellen?«

Der Gruppeninspektor grinste nun ein wenig. »Ich bin fürs Fürstliche. Außerdem ist Kurt Pullhann vor Erich Wigener gestorben, deshalb finde ich es auch nur gerecht, dass wir seiner Hütte zuerst einen Besuch abstatten. Schlüssel hast du bereits organisiert?«

»Aber sicher, haben wir bei beiden Leichen gefunden, dann auf zu Pullhanns Hütte.«

Obwohl Hütte, das war etwas untertrieben. Meierhofer wusste, dass Kurt Pullhann ein riesiges Einfamilienhaus in einer der nobelsten Gegenden von Krems besessen hatte, im Villenviertel sozusagen. Eine Hütte war das Gebäude, in dem der Diplomingenieur gelebt hatte, mit Sicherheit nicht gewesen, nur das Gebäude, in dem er gestorben war, verdiente diese Bezeichnung.

*

»Wonach suchen wir eigentlich? .... Wow, das nenne ich einen noblen Schuppen. Wahnsinn! Dieser Pullhann muss ja ein Vermögen gemacht haben zu Lebzeiten«, staunte Stefano Staudinger, als sie die Pullhann-Villa betraten.

Das mehrere hundert Quadratmeter umfassende Gebäude war schon von außen beeindruckend, aber das Innere zeigte erst so recht, wo das Geld zuhause war: teurer Marmor, exklusivste Möbel, jedes einzelne Teil mit Sicherheit maßgeschneidert, Kurt Pullhann musste tatsächlich ein Vermögen besessen haben. Ob das alles auf legalem Wege zustande gekommen war? Oder hatte der gute Mann das eine oder andere Sümmchen heimlich am Fiskus vorbeigeschummelt? Meierhofer dachte an das ebenfalls äußerst beeindruckende Anwesen von Uwe Rüttge, Pullhans ehemaligem Geschäftspartner – vielleicht hatte er doch den falschen Beruf gewählt. Mit seinem überschaubaren Beamtengehalt reichte es bei ihm maximal für einen Marmorkuchen, andererseits buk Irene den besten Marmorkuchen der Welt, und wozu Marmor, wenn es stinknormale Fliesen auch taten? Weniger war manchmal mehr, und wirklich glücklich machte einen Geld auf die Dauer auch nicht. Außerdem, wie der Fall Pullhann wieder einmal zeigte, auch die Reichen holte irgendwann der Sensenmann.

»Ich habe keine Ahnung, wonach wir suchen, Stefano. Nach allem, was in irgendeiner Form auffällig ist. Am liebsten wäre mir natürlich, wir würden ein Foto dieser Angelika finden. Wigeners Tamara und Pullhanns Angelika – die beiden sind mit Sicherheit von Bedeutung für unsere Ermittlungen – das sagt mir zumindest mein Bauch.«

»Na, wenn's dir dein Bauch sagt«, murmelte Staudinger, dann ergänzte er, »wäre doch auch möglich, dass Tamara und Angelika ein und dieselbe Person sind. Meinst du nicht auch?«

Der Chefinspektor strich mit der rechten Hand nachdenklich über seinen frisch gestutzten Vollbart. Immerhin wollte er auf seine alten Tage samtig wirken, nicht wie ein kriminalpolizeilicher Rübezahl. Dann antwortete er: »Du meinst, Wigeners Tamara und Pullhanns Angelika sind in Wirklichkeit eine Wienerin, die wahrscheinlich ganz anders heißt? Warum sollte die Dame das machen? Sich unter falschem Namen an zwei Männer, einen verwitweten und einen geschiedenen, heranmachen?«

»Weil sie die beiden aus dem Weg räumen will? Vielleicht ist ja die ominöse Wienerin unsere Täterin?«, konterte Staudinger, ohne lange nachzudenken.

Meierhofer ging durch das geräumige Vorhaus Richtung Wohnzimmer. Ein helles Wohnzimmer, das topmodern eingerichtet war und dessen eine Wand von einem überdimensionalen Großbildfernseher dominiert wurde. Der Chefinspektor relativierte in Gedanken seine *Geld macht nicht glücklich*–Theorie. Dieser Fernseher, der würde ihn mit Sicherheit ziemlich glücklich machen. Er stieß einen leisen Pfiff aus, dachte dann zurück an Tamara/Angelika oder Tamara und Angelika, das wussten sie ja noch nicht, und meinte: »Es könnte aber auch sein, dass Angelika und Tamara zwei Frauen sind, die gemeinsam irgendetwas ausgeheckt haben. Sie müssen ja gar nicht unsere Täterinnen sein, vielleicht wollten sie die beiden Männer einfach nur ausnehmen? Schröpfen, solange das möglich war.«

Der junge Gruppeninspektor, der auch mit offenem Mund vor dem riesengroßen Fernseher stand, fing sich wieder und erwiderte: »Dagegen spricht aber, was du mir über Erich Wigener erzählt hast. Sieht doch nicht gerade danach aus, als wäre bei ihm viel zu holen gewesen. … Dass Kurt Pullhann jede Menge junger Freundinnen hatte, wundert mich allerdings mittlerweile nicht mehr. Allein der Fernseher ist schon eine Affäre wert!«

»Du vergisst, dass Frauen, was Fernseher angeht, ein bisschen anders ticken als Männer. Ich glaube nicht, dass man junge Frauen mit großen Fernsehern beeindrucken kann. Das geht eher mit großen Klunkern, aber die konnte sich Pullhann senior sicher auch ohne Probleme leisten. … Wundert mich eigentlich, dass er seinen Sohn nicht mehr unterstützt hat, wenn es ihm finanziell doch anscheinend so gut ging. Hat uns Patrick Pullhanns Mitbewohner nicht erzählt, dass Pullhann junior Schulden ohne Ende hatte beziehungsweise hat?«

»Patrick Pullhann ist ein Spieler. So viel Geld hätte ihm sein Alter gar nicht geben können, dass er schuldenfrei geworden wäre. Geld in der Hand – neues Spiel – Geld futsch – so sieht das bei echten Spielern aus. Da gibt's keine Vernunft. Was da ist, wird eingesetzt, auch wenn man es mit großer Wahrscheinlichkeit wieder verliert.«

Meierhofer nickte langsam. Damit hatte Stefano sicher recht. Der Chefinspektor schritt nun gemächlich das Wohnzimmer ab, öffnete Laden, nahm an der Wand hängende Fotos genauer unter die Lupe. Alles natürlich vorbildhaft behandschuht, genau wie sein Kollege Staudinger, der diesen Umstand nicht besonders genoss.

»Also, wie es die KollegInnen mit großem I der Spurensicherung nur in ihren Ganzkörperkondomen aushalten? Mir reichen schon diese Handschuhe. Ich mag das Zeug einfach nicht. Widerlich, wie die Hände danach stinken. Aber was sein muss, muss sein.«

»Was das angeht, bist du ein echtes Mimöschen, Stefano, also hier im Wohnzimmer gibt's, glaube ich, nichts Aufregendes. Lass uns Pullhanns Schlafzimmer suchen! Vielleicht finden wir ja dort ein Foto seiner Angelika.«

Der Sechsundfünfzigjährige verließ das beeindruckende Wohnzimmer, wenig später hatte er die pompöse Marmortreppe bewältigt, die in den ersten Stock führte. Staudinger war ihm dabei dicht auf den Fersen. Im Obergeschoss gab es fünf Räume, von denen einer ein Badezimmer war, in dem man wohl einen kleinen Swimmingpool untergebracht hätte, allerdings kam die goldene

Badewanne samt Whirlpool-Vorrichtung von ihren Maßen her ohnehin an ein kleines Schwimmbecken heran, außerdem gab es einen Büroraum, der, von seinen roten Wänden abgesehen, ganz in Schwarz gehalten war, ein Atelier, das Pullhann anscheinend zum Malen genutzt hatte, eine Bibliothek und das Schlafzimmer, das das eigentliche Ziel des Chefinspektors war.

»Im Schlafzimmer wird man immer fündig. Ist dir schon mal aufgefallen, dass die meisten Menschen ihre kleinen und großen Geheimnisse in ihren Schlafzimmern verwahren?«, fragte Meierhofer seinen jungen Kollegen, während er begann, die Schubladen des weißen Nachtkästchens, das neben dem gigantischen Himmelbett stand, zu öffnen.

Staudinger zuckte mit den Schultern.

»Darüber habe ich mir bis jetzt noch nie Gedanken gemacht. Allerdings hast du wohl recht. Vielleicht fühlt man sich im Schlafzimmer am sichersten. Immerhin ist das der Raum des Hauses, den nur die Leute betreten, die einem wirklich wichtig sind.«

Meierhofer nickte zustimmend. Das war doch eine logische Erklärung.

»Weißt du, was ich nicht verstehe? Warum hat ein älterer, alleinstehender Mann ein derart kitschiges Himmelbett in seinem Schlafzimmer stehen?« Der Gruppeninspektor deutete auf das weiße Monstrum, das Platz für mindestens vier Leute bot und von einem ziemlich geschmacklosen, ebenfalls weißen Baldachin eingerahmt wurde.

Meierhofer überlegte nicht lange: »Wegen der jungen Frauen natürlich. Mag vielleicht ein Klischee sein, aber ich bin mir sicher, dass junge Frauen auf weiße Himmelbetten stehen. Du weißt schon, des Prinzessinnen-Feelings wegen.«

»Ob diese Angelika auch auf weiße Himmelbetten steht?«, raunte Staudinger, der sich durch eine weiße Kommode wühlte, die dem Himmelbett gegenüber stand. Kurz darauf gab er einen für ihn typischen *Das gibt's doch nicht*-Pfiff von sich, der Meierhofers Aufmerksamkeit auf ihn lenkte, dann ergänzte er: »Oder steht sie eher auf so was?« Der Gruppeninspektor hielt eine schwarze Lederpeitsche in die Höhe, dann ein paar Handschellen mit Plüschüberzug, ein Seil...

»Von dem Zeug gibt's noch mehr, die ganze Schublade ist voll damit. Hatte anscheinend ein Faible für Sadomaso, unser Herr Diplomingenieur.«

Der Chefinspektor fuhr sich wieder einmal durch seinen Bart. Nachdenklich sagte er: »Meinst du, dass die Fesselungsaktion in der Waldhütte anfangs auch ein Sadomaso-Spielchen gewesen sein könnte?«

Staudinger wurde ein wenig fahrig, aufgeregt konterte er: »Aber sicher, das macht doch Sinn. Angenommen, unser Täter wusste, dass Pullhann senior auf so etwas stand, dann hatte er damit doch den perfekten Grund, ihn an den Sessel zu fesseln.«

»So konnte er oder sie auch davon ausgehen, dass Kurt Pullhann sich nicht wehren würde. Dass diese Fesselung einem Todesurteil gleichkommen würde, konnte er zu diesem Zeitpunkt ja nicht ahnen. ... Dann war es aber wahrscheinlich wirklich eine Frau«, ergänzte Meierhofer.

Der Gruppeninspektor schüttelte nun vehement den Kopf. »Das muss nicht sein, Hans. Was glaubst du, wie viele Männer es da draußen gibt, die auf den ersten Blick heterosexuell bis dorthinaus scheinen, die aber im Geheimen gern homosexuelle Kontakte pflegen? Für einen Großteil der Männer aus Pullhanns Generation ist Homosexualität immer noch eine Schande. Bei uns Jüngeren ist das zum Glück schon ein wenig anders.«

Der Chefinspektor ließ sich Stefanos Worte durch den Kopf gehen. War es tatsächlich möglich, dass Kurt Pullhann, um den Schein zu wahren, Verhältnisse mit jungen Frauen eingegangen war, in Wirklichkeit aber homoerotische Sehnsüchte gehabt hatte? Möglich war das natürlich schon, aber wie passte dann diese Angelika ins Bild? Eine Frau in seinem Alter, die, laut der Aussagen seines Sohnes, einen besonderen Stellenwert im Leben des Diplomingenieurs gehabt hatte.

Staudinger hatte bereits seine Digitalkamera gezückt, um Fotos von der eben entdeckten Spielzeug-Lade zu machen. Die würden auf die Pullhann-Wand kommen, die neben der Wigener-Wand im Büro stand. Meierhofer war unterdessen zum zweiten Nachtkästchen gewandert, dessen Laden er vorsichtig herauszog. In der untersten fand er etwas, das seine Aufmerksamkeit verdiente: »Stefano, schau dir das an!«

Es war ein dünner Stapel alter, vergilbter Zeitungsberichte, die Pullhann in eine große Klarsichthülle gesteckt hatte.

Junger Mann tot aus Donau gefischt
Wer kennt diesen Toten?
Donau-Toter wahrscheinlich aus Wien
Junge Männerleiche in Donau bei Krems gefunden

waren einige der Schlagzeilen, die ihnen entgegenstachen. Meierhofer überflog einen der Artikel, dann erklärte er: »Da geht es um einen jungen Mann, der in Krems tot aus der Donau gefischt wurde.«

»Das sind Artikel aus dem Jahr 1965!«, rief Staudinger erstaunt. Der Chefinspektor wusste im ersten Moment nicht, wieso das wichtig war, bis sein Kollege ergänzte: »Na ja, das Strandfoto von Wigener, Pullhann und diesem dritten jungen Burschen, das wurde doch im Sommer 1964 geschossen, das war also nur wenige Monate davor.«

Meierhofer spürte wieder einmal dieses Kribbeln in der Magengegend, das ihm sagte, dass sie sich der Lösung eines Falles näherten, wenngleich auch langsam und gemächlich, Schritt für Schritt. Er wandte sich einem weiteren Artikel zu. Als er ihn zu Ende gelesen hatte, war das Kribbeln im Bauch des Chefinspektors noch intensiver. »Hör dir das an, Stefano, hier steht, dass der Tote, als er gefunden wurde, ein auffallend hellgrünes Seidenhemd anhatte. Ein Seidenhemd, von dessen Einzigartigkeit man sich anscheinend Hilfe bei der Klärung des Identitäts-Problems erhofft hat.«

Stefano Staudinger stieß erneut einen Pfiff aus. »Diplomingenieur Kurt Pullhann hat in seinem Nachtkästchen Zeitungsartikel aus dem Jahr 1965 aufbewahrt, die vom Fund einer männlichen Leiche berichten. Einem Toten, der wahrscheinlich aus Wien stammte und der eine Vorliebe für auffälliges Grün hatte. … Und nun ist Kurt Pullhann tot, gestorben in einer auffällig grün gestrichenen Waldhütte, genau wie sein Jugendfreund aus dem Jahr 1964. Wenn das kein Zufall ist.«

Chefinspektor Meierhofer genoss das Kribbeln in seinem stattlichen Bauch. »Das ist alles, nur kein Zufall. … Lass uns möglichst schnell Erich Wigeners Zuhause durchsuchen! Nach diesem Fund bin ich noch neugieriger darauf, was es bei ihm zu entdecken gibt. … Meinst du, es ist okay, wenn wir die da mitnehmen?«

Staudinger hielt bereits einen Beweissicherungsbeutel, den er vorsichtshalber mitgenommen hatte, in den Händen.

»Tu sie da rein. Wenn es doch Probleme geben sollte, wende ich mich einfach wieder an meine Bekannte bei der Staatsanwaltschaft.«

Meierhofer ließ die vergilbten Zeitungsartikel in dem Plastiksackerl verschwinden, das speziell für die Sicherung von Beweisen gefertigt worden war. Beweissicherungsbeutel klang irgendwie bedeutungsvoller als Plastiksackerl, im Endeffekt war es trotzdem ein solches.

Zufrieden seufzte er dabei: »Gut, das hätten wir. Ich glaube, fürs Erste reicht uns das. Jetzt bin ich gespannt auf Erich Wigeners nicht ganz so noble Hütte. Wär‘ doch ein Knaller, wenn wir dort auch fündig werden würden.«

»Allerdings, das wäre es. Und vor allem würde es uns vielleicht endlich auf die Spur des Colchicin-Mörders bringen. Oder der Mörderin«, erwiderte Staudinger nachdenklich.

»Oder der Mörderin, du sagst es.«

18

Auf dem Weg zu Erich Wigeners kleinem Häuschen am Rande von Krems beschlossen die beiden Kriminalpolizisten, spontan einen Zwischenstopp im Mc-Donalds-Drive-in einzulegen. Meierhofer bestellte einen großen Cappuccino, der ihm zu seiner Überraschung ausgezeichnet schmeckte, und zwei Schoko-Donuts, Staudinger eine Flasche Mineralwasser und einen Heidelbeer-Muffin. Gestärkt machten sie sich anschließend an die Erkundung des Hauses, das neben der ehemaligen Tischlerei Erich Wigeners lag. Die war mittlerweile zu einem Babymodengeschäft umfunktioniert worden.

»Eigentlich seltsam, dass Erich Wigener nach seiner Pensionierung die Tischlerei einfach so aufgegeben hat«, murmelte Staudinger, als sie sich dem alten Gebäude näherten.

»Na ja, recht gut wird die Tischlerei nicht gegangen sein, bei der Konkurrenz an Kremser Möbelhäusern, außerdem hat Erich Wigener keine Kinder, die in seine Fußstapfen hätten treten können«, erwiderte der Chefinspektor, während er die Haustüre aufsperrte.

Staudinger nickte langsam.

»Stimmt, so habe ich das noch gar nicht gesehen. Ist wahrscheinlich nicht einfach, den Schritt in die Selbstständigkeit zu wagen.«

»Nein, sicher nicht. Andererseits hat Kurt Pullhann dieser Schritt zu einem reichen Mann gemacht, aber wie man an Wigeners Beispiel sieht, ist das nicht immer so. Mir ist mein monatliches, sicheres Einkommen auf alle Fälle lieber. ... Schau an, ist doch nett hier. Irgendwie viel gemütlicher als in der Pullhann-Villa.«

Meierhofer durchquerte das kleine Vorhaus und ging geradewegs auf das Wohnzimmer des Häuschens zu, das überraschend aufgeräumt war, immerhin hatte ein Witwer hier gelebt. Aber vielleicht war Erich Wigener ja ein moderner Mann gewesen, der gewusst hatte, wie man sich selbst versorgte, oder er hatte eine Haushaltshilfe gehabt. Der Chefinspektor bewunderte die warmen, liebevoll gefertigten Holzmöbel, die dem Wohnzimmer eine ganz eigene Atmosphäre gaben. Das waren mit Sicherheit alles Handarbeiten Erich Wigeners. Meierhofer strich mit der Hand über einen mächtigen Schrank, der ein wahres Prunkstück war: »Das ist Kirschbaumholz, glaube ich zumindest, schön, sehr schön. Erich Wigener muss ein Meister seines Handwerks gewesen sein.«

Gruppeninspektor Staudinger, der eher auf moderne Designermöbel stand, konnte die Begeisterung seines Chefs zwar nicht so recht nachvollziehen, aber auch er spürte, dass eine gewisse Wärme von der Einrichtung ausging. Ganz anders als in Pullhanns Villa, die vom kalten Marmor geprägt war. Ob das Schlüsse auf die Charaktere der beiden Toten zuließ? Möglicherweise lebte man so, wie man war.

Chefinspektor Meierhofer hatte den großen Schrank mittlerweile geöffnet. Eine beeindruckende Hausbar bildete das Zentrum dessen Inneren. Spirituosen aller Art – heimische Schnäpse und Liköre, unzählige Whiskeysorten, Wodka, Rum, aber auch typische Frauengetränke wie Baileys oder Cointreau.

»Wui, entweder war Erich Wigener ein Säufer, oder er interessierte sich einfach für Alkohol beziehungsweise hatte häufig Gäste«, meinte Staudinger beeindruckt.

»Ich denke eher Letzteres. Schau, hier sind jede Menge Fotoalben. Wigener hat also nicht nur über seine Freunde genau Buch geführt.«

Der Chefinspektor deutete auf eine Reihe großer, bunter Alben, die unter den Spirituosen aufgereiht waren. Die Rücken der Fotoalben waren beschriftet: Hochzeit, Spanien, Italien, Südtirol, Familie, etc. Meierhofer griff nach dem Familienalbum und schlug es in der Mitte auf. Eine junge, attraktive Ausgabe Walpurga Wigeners blickte ihm entgegen, daneben ein stattlicher Adalbert Wigener und Erich Wigener als Jugendlicher. Schon damals war Letzterer mit Sicherheit ein Mädchenschwarm gewesen. Groß, schlank und mit einer für die damalige Zeit äußerst hippen Haartolle.

Staudinger zeigte auf die in Reih und Glied stehenden Schnapsflaschen und die Alben darunter: »Ich glaube, Erich Wigener war ein ziemlicher Pedant. Schau, die Fotoalben sind farblich geordnet.«

Tatsächlich, die Fotoalben bildeten einen linearen Regenbogen, wenn man das so nennen konnte, aufgepeppt durch ein paar zusätzliche Farben: Weiß, Gelb, Orange, Rot, Rosa, Violett, Blau, Türkis, Grün, Braun und Schwarz.

»Und die Spirituosen-Flaschen nach der Größe«, ergänzte der Chefinspektor, »gut, jemand, der so genau ist, dokumentiert auch alles akribisch. Wenn es hier etwas zu entdecken gibt, dann finden wir es sicher relativ rasch.«

Damit sollte sich Meierhofer allerdings getäuscht haben. Als sie eineinhalb Stunden später das gesamte Haus durchkämmt hatten, waren sie auf nichts Interessantes gestoßen. Kein Foto der ominösen Tamara, keine Sadomaso-Spielsachen wie bei Pullhann, keinerlei andere Obszönitäten. Ihre Suche war langweilig und ergebnislos gewesen.

»Im Keller waren wir noch nicht«, meinte Staudinger lapidar.

»Dann auf in den Keller«, erwiderte Meierhofer matt.

Große Lust auf eine Verlängerung der Suchaktion hatten beide nicht mehr.

Wie der Rest des Hauses war auch Erich Wigeners Keller tip top aufgeräumt. Eine lange Reihe von Regalen sorgte für die nötige Ordnung. Ein Teil der Regale diente der Lagerung von Lebensmitteln – Marmeladengläser, natürlich nach Obstsorten gruppiert, selbstgemachte, eingerexte Salate, verschiedene Kompotte – Meierhofer ging davon aus, dass das alles Walpurga Wigeners Machwerke waren, auf der gegenüberliegenden Seite hatte

Erich Wigener Klopapier, Alufolie, Plastiksackerln und Ähnliches aufbewahrt. Dazwischen waren verschiedene Boxen gestapelt. Staudinger öffnete eine von ihnen. Er zog eine beinahe endlos lange, kitschige, weinrote Lamettaschlange heraus. »Christbaumschmuck.«

Der Chefinspektor hatte einstweilen die Osterdeko entdeckt.

»Ich glaube, bei Erich Wigener gibt's nichts zu finden. Der hat ein sauberes Leben geführt, genauso sauber und ordentlich, wie er sein Haus eingerichtet hat«, murmelte er ein wenig frustriert. Da waren sie wieder, die Parallelen zwischen der Art, wie ein Mensch wohnte, und dessen Wesen.

Staudinger sprach aus, was sich beide insgeheim dachten: »Dann lass uns ins Büro fahren. Ist doch ohnehin Zeitverschwendung, was wir hier machen.«

Meierhofer schloss die Osterdeko-Box wieder.

»Von mir aus. In die eine Schachtel da unten schaue ich noch, dann machen wir uns aus dem Staub.«

Der Chefinspektor griff nach einer alten, kleinen Schuhschachtel, die nicht so recht zu den anderen, modernen Aufbewahrungsboxen aus Plastik passte. Als er sie in den Händen hielt, spürte er erneut das momentan schon fast allgegenwärtige Kribbeln im Bauch. Vorsichtig öffnete er den Schuhkarton. Das Kribbeln wurde intensiver. Wortlos streckte Meierhofer seinem jungen Kollegen die offene Schuhschachtel entgegen.

»Zeitungsartikel«, raunte dieser daraufhin.

Wie der Rest des Wigener-Besitzes waren auch diese Artikel fein säuberlich geordnet nach deren Erscheinungsdaten. Erich Wigener hatte anscheinend alles, was in der Gegend passiert war und für ihn persönlich Bedeutung hatte, ausgeschnitten und aufgehoben. Allerdings nur bis zum Ende des letzten Jahrtausends. Warum er danach damit aufgehört hatte?

Staudinger durchwühlte hastig den Inhalt des Schuhkartons. Er war auf der Suche nach etwas ganz Bestimmten, und er wurde fündig.

»Tatsächlich, da haben wir sie ja.«

Der Gruppeninspektor breitete vier Artikel aus dem Jahr 1965 auf dem roten Deckel der Weihnachtsschmuck-Box aus:

Junge Männerleiche in Donau bei Krems gefunden
Junger Mann tot aus Donau gefischt
Donau-Toter wahrscheinlich aus Wien
Wer kennt diesen Toten?

lauteten deren Schlagzeilen.

Chefinspektor Meierhofer strich sich nervös über seinen Vollbart.

»Die Sache wird immer interessanter«, flüsterte er dabei.

*

Als Chefinspektor Meierhofer und Gruppeninspektor Staudinger wenig später die Außenstelle des Landeskriminalamtes Niederösterreich betraten, regnete es in Strömen.

»Ich hab' den April noch nie leiden können«, grantelte Meierhofer, der wie immer auf Regenschirm und wasserdichte Jacke verzichtet hatte und deshalb trotz der wenigen Meter, die er gegangen war, aussah wie der sprichwörtliche begossene Pudel.

»Rede nicht so vom April! Immerhin habe ich in diesem Monat Geburtstag.« Staudinger klang ehrlich entrüstet. Er war schließlich in einem Alter, in dem man sich noch auf seine Geburtstage freute.

»Ehrlich, wann hast du denn genau?«, fragte der Chefinspektor neugierig, aber auch ein wenig schuldbewusst nach – eigentlich war es ja eine Schande, dass er die Antwort auf diese Frage nicht ohnehin wusste.

Der junge Gruppeninspektor erwiderte schmunzelnd: »Am Dreißigsten, du hast also noch jede Menge Zeit, um mir ein Geburtstagsgeschenk zu kaufen. Aber bitte keine *Stefano*-Tasse.«

Meierhofer legte die Stirn in Falten. »Soll das etwa eine Anspielung auf meine *Hans*-Tasse sein? Also, ich liebe das Ding. Es geht doch nichts über eine gehörige Portion Kitsch während der Arbeit. Eine *Stefano*-Tasse ist eigentlich gar keine so schlechte Idee – allerdings gibt's in Österreich sicher nur *Stefan*-Tassen.«

»Vielleicht findest du ja eine mit *Katzlmacher* drauf«, konterte Staudinger mit der für ihn typischen Prise Selbstironie, Zynismus und schwarzem Humor, während er vorsichtig die beiden Beweissicherungsbeutel, in denen sich die gefundenen Zeitungsartikel befanden, auf seinen Schreibtisch legte.

»Wir müssen unbedingt so schnell wie möglich herausfinden, wer dieser verunglückte junge Mann mit dem grünen Seidenhemd war. Hoffentlich konnte man seine Identität damals in den Sechzigerjahren des letzten Jahrhunderts beziehungsweise Jahrtausends noch klären. Sonst müssen wir die Cold Case-Kollegen darauf ansetzen.«

Der Chefinspektor gab ein verächtliches Grunzen von sich.

»KollegInnen mit großem I bitteschön! … Die Cold Case-Truppe! Ts! Du glaubst doch nicht wirklich, dass die KollegInnen mit großem I dieser Spezialeinheit Zeit für einen Fall haben, der mehrere Jahrzehnte zurückliegt. Die sind mit den aktuelleren Fällen sicher ausgelastet genug.«

Stefano Staudinger ließ sich schulterzuckend auf seinen Bürosessel fallen. Er wollte gerade zum Antworten ansetzen, als Meierhofer ihm bartstreichelnd zuvorkam: »Außerdem brauchen wir die Cold Case-Leute sicher nicht. Seit wir diese Artikel gefunden haben, muss ich an meinen Vater denken, du weißt schon, der war ja auch Polizist, zwar kein Kriminalbeamter, aber Polizist, und ich glaube, ich kann mich daran erinnern, dass er eines Abends nachhause gekommen ist und uns von diesem Toten erzählt hat. Einem Toten, der in der Donau treibend gefunden worden war, einem Toten, den kein Mensch kannte. Er hatte damals nichts bei sich, keine Papiere, keinen Ausweis, keinen Führerschein, nichts. … Aber ja doch! Genau!«, man konnte förmlich sehen, dass dem

Chefinspektor ein Licht aufgegangen war. »Mein Vater hat uns auch von diesem grünen Hemd erzählt – warum ist mir das nicht gleich eingefallen? Das hätte es eigentlich müssen, weil mich das als Kind aus der niederösterreichischen Provinz so richtig beeindruckt hat: Ein Mann, der sich allen Ernstes getraut hat, ein giftgrünes Seidenhemd zu tragen.«

»Und du weißt nicht mehr, ob der Fall damals gelöst wurde? Konnte die Identität des Toten geklärt werden?«, hakte der Gruppeninspektor neugierig nach.

Meierhofer schüttelte den Kopf, er fuhr sich nervös durch den Bart, während er sich gedanklich in seine Jugend versetzte, ein gar nicht so einfaches Unterfangen, immerhin lag diese schon ein Weilchen zurück.

1965, 1965. Streng dich an, Hans!

Nach und nach fielen ihm die Details ein: »Damals hatten wir in der Wachau im Frühling ziemliche Hochwasserprobleme. Die Donau war also noch gefährlicher als sonst. Ich glaube, mein Vater hat uns erzählt, dass es ein Unfall war, dass der Mann in die Donau gefallen war und einfach keine Chance gehabt hatte, sich zu retten. Aber ich kann mich nicht erinnern, dass er je erzählt hätte, wer der Tote war. Wahrscheinlich hat man das trotz des vielen Windes, der um das Unglück gemacht wurde, nicht herausgefunden. Ob die Rede von einem Wiener war, das weiß ich nicht mehr. Nur an das Hemd, an das kann ich mich erinnern. Hätte ich als junger Bursch selbst gern gehabt, ein giftgrünes Seidenhemd.«

Staudinger war aufgestanden, um die Beweissicherungsbeutel samt der sich darin befindenden Zeitungsartikel aus dem Jahr 1965 mit Magneten an der Wigener- und der Pullhann-Wand zu befestigen. Dabei murmelte er: »In den Häusern beider Mordopfer haben wir diese Zeitungsartikel gefunden. Zeitungsartikel, die von dem Tod eines Unbekannten berichten, der möglicherweise aus Wien stammte…«

»Genau wie unsere beiden ominösen Damen, diese Tamara und diese Angelika«, ergänzte Meierhofer.

»... und der zum Zeitpunkt seines Todes, der wahrscheinlich ein Unfall war, ein giftgrünes Seidenhemd getragen hat.«

Wiederum mischte sich der Chefinspektor ein: »Ein Hemd, das damit also mit großer Wahrscheinlichkeit in etwa dieselbe Farbe gehabt hat wie die beiden Waldhütten, in denen Pullhann und Wigener ermordet wurden.«

»Die beiden Hütten, die irgendjemand erst vor kurzem grün gestrichen hat – früher waren sie ja beide braun, hast du mir berichtet«, vervollständigte Staudinger.

Danach sahen die zwei Kriminalbeamten einander stumm an. Sie wussten, dass sie dasselbe dachten: »*Wie passt das alles zusammen? Was, zum Teufel noch mal, hat der Unfall aus dem Jahr 1965 mit den beiden Morden aus dem Jahr 2011 zu tun?*«

*

Dieser Abend war anders als die üblichen, da Irene außer Haus war. Sie hatte eine Lesung in ihrer Bibliothek organisiert – irgendein Krimiautor aus der Gegend würde sein neues Buch präsentieren – was zur Folge hatte, dass sich der Chefinspektor selbst versorgen musste, wenn er nicht vom Fleisch fallen wollte. Meierhofer hatte kein Problem mit dem Kochen. Er war sogar ein ziemlich guter Koch, allerdings frönte er dieser Leidenschaft nur, wenn er ausgiebig Zeit hatte und noch nicht besonders hungrig war, also vor allem an Wochenenden und Feiertagen, an Arbeitstagen kochte eigentlich nur Irene, die grundsätzlich früher zuhause war als er. Grundsätzlich – heute nicht.

Als Hans Meierhofer vor dem geöffneten Kühlschrank stand und überlegte, was er in möglichst kurzer Zeit so zaubern könnte, ging ihm unentwegt der Fall des in der Donau ertrunkenen jungen Mannes durch den Kopf. Stefano und er hatten es dank unzähliger Telefonate tatsächlich geschafft, etwas mehr über den Unfall aus dem Jahr 1965 herauszufinden. Der alte Akt existierte noch, damit hatte der Chefinspektor nicht annähernd gerechnet.

Was sie nun also wussten, war, dass man nie herausgefunden hatte, wer der mysteriöse Tote mit dem grünen Seidenhemd, ein rothaariger Mann Anfang zwanzig, gewesen war. Die Vermutung, dass es sich bei ihm um einen Wiener gehandelt haben könnte, wurde nie bestätigt. Wer immer der Unglückliche gewesen war, er war anscheinend niemandem abgegangen, weshalb man ihn auch in Krems begraben hatte. Im Polizeiakt aus den Sechzigerjahren war nur vermerkt, dass der Tote, der zahlreiche Prellungen und eine Kopfverletzung aufwies, in der Hochwasser führenden Donau ertrunken war. Fremdverschulden hatte man augenscheinlich nicht in Betracht gezogen, man war davon ausgegangen, dass er sich die Verletzungen bei oder nach seinem Sturz in den reißenden Fluss zugezogen hatte.

Meierhofer beschloss, dass er schon sehr hungrig war und deshalb maximal Zeit für die Zubereitung eines Klassikers wie Ham and Eggs oder einer Eierspeise mit Speck hatte, auch wenn das für seinen Cholesterinspiegel wahrscheinlich nicht gerade das Beste war. Da es ihm nach dickflüssigem Dotter gelüstete, entschied sich der Chefinspektor für Ersteres. Es ging doch nichts über ein perfektes Spiegelei, wenn dieses auch noch auf knusprig gebratenem Schinken ruhte, umso besser.

Wenig später brutzelten Schinken und Eier, vier an der Zahl, in einer großen, gusseisernen Pfanne, und Meierhofer konnte sich gedanklich wieder dem verunglückten Rothaarigen widmen. Er wusste nicht, ob er seinem Bauch, der momentan schon gefährlich leer war, trauen konnte, aber dieser sagte ihm, dass der Fund der Zeitungsartikel bei Kurt Pullhann und Erich Wigener wichtig für die laufenden Ermittlungen war. Der Tod des ominösen, jungen Mannes war für ihre beiden aktuellen Mordopfer von Bedeutung gewesen, warum sonst hätten sie die Berichte darüber aufbewahren sollen? Aber wo gab es da eine Verbindung? War der Tote ein Freund der beiden gewesen? Nein, das war unwahrscheinlich – welchen Grund hätten sie in diesem Fall gehabt, dessen Leichnam nicht zu identifizieren? Hatten sie ihn überhaupt gekannt? Mit hoher Wahrscheinlichkeit, sonst machte der Fund der Berichte nicht den geringsten Sinn – wer bewahrte schon über Jahrzehnte hinweg Zeitungsartikel auf, die den tragischen Tod eines gänzlich Unbekannten zum Thema hatten? Allerdings…

Meierhofer fluchte kurz und leise, als er bemerkte, dass er ob seiner Gedanken den Bräunungsgrad seines Abendessens außer Acht gelassen hatte. Rasch zog er die schwere Pfanne von der Platte – der Schinken war nun wohl ein wenig zu kross geraten, aber es gab Schlimmeres. Nichts ging über Röstaromen, auch wenn seine Ham and Eggs nun natürlich nicht mehr perfekt waren. Dafür war das Schwarzbrot, das in der Brotdose nur auf ihn warten zu schien, vor wenigen Stunden mit Sicherheit noch warm gewesen. Frisches Brot mit einer dicken Schicht Butter oben drauf, das war der kulinarischen Entschädigung genug. Meierhofer schnappte sich ein großes, altes Holzbrett, auf das er die brennheiße Pfanne stellte, dann machte er es sich am Küchentisch bequem. Vier Ham and Eggs, direkt aus der Pfanne gegessen, dazu ein paar Butterbrote und ein alkoholfreies Bier – zehn Minuten später wurde das gesamte Blut des Chefinspektors zur Verdauung benötigt, weshalb er sich auf der Wohnzimmercouch breitmachte.

»*Nur kurz die Augen zumachen, dann grüble ich weiter über die Fälle nach*«, lautete Meierhofers löblicher, das Augenschließen begleitender Gedanke. Wenig später hallte ohrenbetäubendes Geschnarche durch das kleine Einfamilienhaus. Und damit war die eine zündende Idee, die der Kriminalbeamte gehabt hätte, wären ihm nicht die Ham and Eggs beinahe verbrannt, vorerst endgültig Geschichte.

19

»Küss mich, Hans! Du bist so samtig – ich stehe auf samtige Männer.«

Sie beugt sich zu ihm, ihre vollen Lippen nähern sich langsam den seinen. Darf er das? Aber er ist doch verheiratet! Allerdings sieht sie so gut aus, verboten gut.

»Ha-ans! Ha-ans, steh' auf! Es ist schon sieben, und du solltest dich auf alle Fälle noch duschen!«

Meierhofer schrak hoch. Er war schweißgebadet, und er lag immer noch auf der Wohnzimmercouch, in Jeans und Hemd, seiner Arbeitskleidung vom Vortag, Letzteres klebte schweißnass an seinem Bauch und dem ziemlich stark behaarten Rücken.

»Irene?! Was machst du denn hier?«, stammelte der Sechsundfünzigjährige leicht verwirrt.

Meierhofers bessere Hälfte runzelte die Stirn. Dennoch lächelnd erwiderte sie: »Hast du etwa jemand anderen erwartet? Zu deiner Information, ich wohne hier, und ich bin seit Jahrzehnten mit dir verheiratet. Meinen Namen kennst du ja anscheinend zu deinem Glück noch. Steh' auf und geh' duschen! Du müffelst gewaltig. Ich mach' dir einstweilen einen Kaffee, in Ordnung?«

Der Chefinspektor quälte sich von der Couch, wobei er jeden einzelnen Knochen seines nicht mehr ganz taufrischen Körpers spürte. Am Morgen fühlte er sich ohnehin immer alt, doch nach einer Nacht auf dem Sofa war das noch schlimmer als sonst.

»Danke, Irene, du bist ein Schatz«, murmelte er leise, während er ungelenk Richtung Badezimmer schlurfte. Das »*Aber leider nicht mehr ganz so scharf wie Doktor Geraldine Grahninger*«, das sein Gehirn hinterherschickte, versuchte er zu ignorieren.

Er hatte ein schlechtes Gewissen. Ein furchtbar schlechtes Gewissen! Beinahe hätte er seine Frau betrogen, wenn auch nur im Traum, aber war das nicht auch schon eine Form des Betrugs? Warum träumte er von einer Anderen? Noch dazu diese Art von Traum? Er war doch ein treuer Ehemann, schon immer gewesen, und er liebte seine Frau. Sie war ein Teil von ihm. Sie gehörten zusammen. Für immer und ewig. Bis, dass der Tod euch scheidet. Wieso also nun diese gedankliche Untreue? Was hatte diese Grahninger nur, dass sie ihn so weit brachte? Und würde sie ihn noch weiter bringen können? Würde er Irene tatsächlich untreu werden, wenn es die Gerichtsmedizinerin darauf anlegen sollte? Meierhofer versuchte, diese Gedanken von sich zu schieben, aus seinem Gehirn zu verbannen. Und vor allem versuchte er, eines loszuwerden: Das Bild Geraldine Grahningers, die sich gerade, die unglaublichen Lippen erwartungsvoll geöffnet, zu ihm beugte, um ihn zu küssen. Vielleicht war eine kalte Dusche jetzt genau das Richtige für ihn, eine eiskalte Dusche.

Eine halbe Stunde später saß der Chefinspektor wohlduftend und frisch gewandet seiner Frau gegenüber am Frühstückstisch und schmierte sich ein Marmeladenbrot, etwas, das für ihn als überzeugten Fleischfresser eine absolute Seltenheit war. Irene quittierte dieses wenig artgerechte Verhalten mit einem erstaunt-entsetzten Kopfschütteln.

»*Du* isst ein Marmeladenbrot? Und das, nachdem du eine Nacht auf der Couch verbracht hast«, sie schnüffelte, »hast du etwa das neue Parfum benutzt, das ich dir zu Weihnachten geschenkt habe? Dass du das noch aufmachst, damit habe ich nicht gerechnet. Sag mal, betrügst du mich etwa?«

Meierhofer wusste, dass Irene diese Frage scherzhaft gemeint hatte, trotzdem spürte er diesen Kloß im Hals, den er immer wahrnahm, wenn etwas nicht in Ordnung war. Er musste etwas Witziges antworten. Und das möglichst locker.

»Aber sicher, mit Stefano.«

Mehr fiel ihm nicht ein.

Irene schien es zu reichen. Sie lachte kurz auf und konterte keck: »Das würde ich sogar verstehen. Er ist ganz schön schnuckelig, dein Stefano. Schade, dass er sich nicht für reifere Frauen interessiert.«

»Das *reifere* hättest du ruhig weglassen können«, meinte der Chefinspektor, während er einen Schluck Kaffee trank. Er spürte, wie sich der Angstschweiß, der vorhin auszubrechen gedroht hatte, wieder in die Poren zurückzog. Das war gerade noch einmal gutgegangen. Es war schrecklich. Er, der sich für absolut treu und gegen die Reize fremder Frauen resistent gehalten hatte, betrog seine bereits vor Jahrzehnten Angeheiratete, wenn auch nur in Gedanken. Er war schuldig, schuldig im Sinne der Anklage. Hoffentlich wurde Grahninger bald in einen anderen Bezirk versetzt. Sie war ja ursprünglich nicht aus dieser Gegend. Woher kam sie eigentlich?

»*Egal! Das kann dir herzlich wurscht sein, Hans!*«, schalt ihn sein Gehirn. Blödes Gehirn, da führte es ihn zuerst in Versuchung, um ihn danach für sein Fehlverhalten zu maßregeln. Meierhofer schüttete den Rest des Kaffees hinunter, dann sprang er auf, gab seiner Gattin einen flüchtigen Kuss auf die linke Wange und verschwand ins Vorhaus. »Ich weiß noch nicht, wie spät es heute wird. Stefano und ich nähern uns der Lösung unserer Fälle, das hoffe ich zumindest, kann also sein, dass …«

»… es spät wird«, vervollständigte Irene den Satz ihres Ehemannes, »kein Problem, Hans. Solange du mich nur mit Stefano betrügst, kann ich damit leben.«

»Für mich gibt's nur dich und den schnuckeligen Halbitaliener, versprochen«, rief der Chefinspektor seiner immer noch frühstückenden besseren Hälfte zu, während er sich die Schuhe anzog.

»*Du sollst nicht falsch Zeugnis geben wider deinen Nächsten.*«

Und da war es wieder, das Bild von Grahninger, die sich zu ihm beugte – hingebungsvoll, verführerisch, geheimnisvoll.

*

Wenig später saß der Chefinspektor an seinem Schreibtisch und starrte die beiden Wände an – die Wigener-Wand und die Pullhann-Wand. Die Zeitungsartikel stachen ihm dabei besonders ins Auge. Gestern hatte er sie schon fast gehabt, diese Idee, diese Erleuchtung, die ihn weiterbringen würde. Aber dann war er eingeschlafen und hatte von Doktor Geraldine Grahningers heißen Küssen geträumt. Wie passte das alles zusammen? Wie würde es ihn zu Kurt Pullhanns und Erich Wigeners Mörder bringen?

»Morgen, Hans! Na, du hast aber auch schon mal besser ausgesehen. Welche Laus ist dir denn über die Leber gelaufen?«, riss Stefano Staudinger seinen Kollegen aus den Gedanken.

»*Eine Laus namens Geraldine*«, dachte dieser.

Der Gruppeninspektor gab ein Schnüffeln von sich. »Sag mal, hast du ein neues Parfum? Betrügst du etwa deine Frau?«

»*Herrschaftshimmelszeiten noch mal, wem bin ich denn sonst noch Rechenschaft schuldig?*«

»Ja, mit dir«, raunte Meierhofer bemüht locker.

Staudinger schien das nicht aufzufallen.

»Aha, gut zu wissen. Obwohl du ja nicht wirklich mein Typ bist, alter Mann. Du bist mir nicht samtig genug«, neckte er seinen Chef. Der verstand die Anspielung auf die Gerichtsmedizinerin nur zu gut und beschloss deshalb, Stefanos Aussage einfach zu ignorieren. Stattdessen lenkte er vom Thema ab: »Und, weißt du schon, was Kurt Pullhann und Erich Wigener mit diesem mysteriösen Verunglückten zu tun hatten?«

Staudinger war Feuer und Flamme, das Ablenkungsmanöver also mehr als geglückt. »Wissen tue ich es nicht, aber ich habe da eine Theorie. Ich glaube, dass…«

Weiter kam der Gruppeninspektor nicht, da im selben Moment eine in Tränen aufgelöste Frau zwischen fünfzig und sechzig zur Tür herein stürmte. Sie war ein ähnliches Modell, wie Erika Pullhann es gewesen war. Also das Modell dank Botox konserviert und mit teurer Designerkleidung aufgepeppt. Besonders attraktiv fand Meierhofer die Dame trotzdem nicht. Man sah ihr an, dass sie ein Snob war, und der Chefinspektor mochte Snobs nicht besonders.

»Sie müssen mir helfen! Mein Mann ist weg!«, kreischte die Frau, noch bevor Meierhofer oder Staudinger die Möglichkeit hatten, etwas zu sagen.

Letzterer ging auf die Dame zu, fasste sie vorsichtig am Arm und dirigierte sie zu einem Sessel, wahrscheinlich aus Angst, dass sie sonst hyperventilieren und umkippen würde. »Setzen Sie sich erstmal hin, Gnädigste, und dann erzählen Sie uns bitte alles der Reihe nach«, beruhigte er sie anschließend. Der Chefinspektor sah ihm dabei bewundernd zu. So viel unehrliches Mitgefühl hätte er nicht zustande gebracht. Aber vielleicht tat er Stefano ja unrecht.

»Wollen Sie einen Kaffee oder ein Glas Wasser?«, fragte Staudinger, als sich die Frau ein wenig beruhigt hatte.

Sie warf dem Gruppeninspektor einen entsetzten Blick zu und giftete: »Kaffee konsumiere ich nicht, der ist schlecht für meinen Teint, und gewöhnliches Leitungswasser lasse ich höchstens an, aber mit Sicherheit nicht in meinen Körper, und das Mineralwasser, das ich trinke, haben Sie hier sicher nicht.«

»Eine sympathische Frau, wenn ich ihr Mann wäre, wäre ich jetzt auch weg«, musste Meierhofer unwillkürlich denken. Er konnte sich wirklich glücklich schätzen, dass er seine absolut unkapriziöse Irene hatte. Ein Grund mehr, sich für seinen Beinahe-Fremdgang im Traum zu schämen.

Der Chefinspektor musterte die aufgeregte Dame genauer. Eine Tatsache, die diese mit einem besonders unfreundlichen Gesichtsausdruck quittierte. Nein, sympathisch war ihm die Gute wirklich nicht.

Zum Glück übernahm Staudinger das Reden: »In Ordnung, dann nun bitte alles der Reihe nach. Wie heißen Sie, gnädige Frau, und wie heißt Ihr Mann? Und seit wann ist er weg?«

Die Diva, ein anderer Begriff fiel dem Chefinspektor zu dieser Dame nicht ein, schlug ihre spindeldürren, in einem sicherlich sündteuren cremefarbenen Bleistiftrock steckenden Beinchen übereinander, wobei sie mit dem Stöckel eines ihrer atemberaubend hohen High Heels beinahe an Staudingers Tisch hängen blieb, und erklärte dann: »Mein Name ist Patricia, mit c, nicht mit z, Patricia Hohlmeister.«

Hohl, das passte.

»Und mein Mann ist Bert Hohlmeister. Bert ist Manager, müssen Sie wissen, deshalb ist er auch geschäftlich viel unterwegs. Gerade war er zwei Wochen in Japan. Vorgestern ist er in Wien gelandet, ich wusste, dass er eine Nacht dort bleiben würde, um Geschäftliches zu erledigen, mein Mann hat häufig geschäftlich in Wien zu tun, aber gestern hätte er nachhause kommen sollen. Ist er aber nicht. Und jetzt erreiche ich ihn nicht. Weder in seinem Hotel noch übers Handy. Das passt nicht zu Bert, er ist verlässlich, müssen Sie wissen.«

Meierhofers Gedanken überschlugen sich wieder einmal. Bert, Bert, Bert? Woher kannte er diesen Namen nur? Der war ihm doch in den letzten Tagen schon einmal untergekommen. Es dauerte einen Moment, dann fiel der Groschen. Ach ja, Walpurga Wigener hatte ihren Mann Berti genannt, wahrscheinlich kam ihm dieser doch eher seltene Vorname deshalb so bekannt vor.

»Gut, Ihr Mann ist also erst seit gestern abgängig. Kann es denn nicht sein, dass ihn seine geschäftlichen Verpflichtungen länger aufgehalten haben, als er es ursprünglich erwartet hatte?«, fragte Staudinger einstweilen äußerst einfühlsam nach.

Patricia mit c Hohlmeister schüttelte vehement den blond gelockten Kopf. »Nein, sicher nicht. Bert ist zwar geschäftlich ständig unterwegs, er ist beruflich sehr erfolgreich, müssen Sie wissen, aber er hält sich an alle Vereinbarungen. Wenn sich überraschenderweise irgendetwas an seinen Plänen ändert, meldet er sich immer sofort bei mir. Hätte ihn dieser Termin in Wien länger in Anspruch genommen, als eigentlich geplant, dann hätte er mich sicher sofort angerufen. Nein, ihm ist auf alle Fälle etwas passiert. Vielleicht hatte er einen Unfall, oder er ist entführt worden. Wir sind ziemlich, na ja, wohlhabend, müssen Sie wissen, vielleicht hat es jemand auf unser Geld abgesehen.«

Meierhofer war genervt. Diese, wie würde Irene sagen, Trulla, hielt sie von der Lösung zweier Mordfälle ab. Und das nur, weil ihr Mann sich wahrscheinlich in Wien hatte volllaufen lassen und deshalb jetzt verkatert in seinem Hotelzimmer lag, allein oder in weiblicher Gesellschaft. Zu verdenken wäre es ihm nicht bei dieser Gattin. Wie konnte man es nur mit so einer nervtötenden Frau aushalten?

»Warum sind Sie eigentlich nicht einfach zur nächsten Polizeiinspektion gegangen? Die wären für die Aufnahme solcher Vermisstenanzeigen zuständig, Gnädigste«, raunte er deshalb unfreundlich.

Ein pikierter Blick Patricia Hohlmeisters war die Folge.

»Hören Sie mir eigentlich zu? Es geht hier um eine Entführung! Um Leben oder Tod! Dafür ist doch die Kriminalpolizei zuständig oder nicht? Außerdem wohne ich gleich dort drüben.«

Aha, jetzt wusste er also, wem die noble Villa ganz in der Nähe gehörte.

Stefano Staudinger, der die Spannung, die zwischen Hans Meierhofer und Patricia Hohlmeister in der Luft lag, genau spürte, kam seinem Chef zuvor: »Wir werden das an die zuständigen Kollegen weiterleiten, Frau Hohlmeister. Haben Sie vielleicht ein Foto Ihres Mannes dabei?«

»Aber sicher.«

Patricia Hohlmeister begann, in ihrer überdimensionalen cremefarbenen Markenhandtasche zu kramen. Kurz darauf legte sie ein Foto auf den Tisch, das einen etwas unscheinbaren Mann um die Sechzig zeigte.

»Bitteschön, das ist Bert, mein Mann. Das Foto wurde erst letzten Monat gemacht, müssen Sie wissen.«

Staudinger griff nach dem Bild, stand dann auf, um der Dame zu signalisieren, dass sie fertig waren, und sagte: »Gut, dann haben wir alles, was wir brauchen. Wir werden das, wie versprochen, weiterleiten. Bitte verständigen Sie uns, falls sich Ihr Mann doch noch bei Ihnen melden sollte. Auf Wiedersehen, Frau Hohlmeister.«

Frau Hohlmeister dachte nicht daran, aufzustehen: »Was!? Das ist alles, was Sie zu tun gedenken? Hören Sie mir eigentlich zu?! Ich sagte Ihnen doch, es geht hier mit Sicherheit um eine Entführung! Also unternehmen Sie gefälligst etwas!«

Nun reichte es dem Chefinspektor: »So, jetzt sage ich Ihnen mal was, Gnädigste! Ihr Mann ist, wie es scheint, schon seit längerem über achtzehn, er ist also nicht verpflichtet, irgendjemandem gegenüber darüber Rechenschaft abzulegen, was er wie, wo, wann und mit wem tut. Das heißt, wenn er Lust darauf haben sollte, einfach so mal ein paar Tage in Wien blau zu machen, wäre das vollkommen okay, ganz allein seine Sache. Wir glauben Ihnen natürlich, dass das nicht die Art Ihres Gatten ist und dass ihm möglicherweise etwas passiert sein könnte, aber er ist erst seit einigen Stunden abgängig. Also malen Sie mal nicht den Teufel an die Wand, er wird schon noch auftauchen. Und jetzt gehen Sie bitte, wir haben nämlich zwei Mordfälle zu klären, und eigentlich haben Sie hier in diesem Büro überhaupt nichts verloren! Wer hat Sie eigentlich rein gelassen?«

Dabei deutete Meierhofer auf die Pullhann- und die Wigener-Wände, die man zwar beim besten Willen nicht übersehen konnte, die der eleganten Dame bis jetzt aber anscheinend noch nicht ins Auge gestochen waren.

Patricia mit c Hohlmeister ignorierte Meierhofers letzte Worte. Ihr Blick klebte auf der Wigener-Wand, genauer gesagt auf der Kopie des Fotos aus dem Jahre 1964, das dort angebracht war.

»A..a..aber das ist ja der Bert, da auf dem Foto. Das ist mein Mann! Ganz sicher, ich kenne dieses Bild! Er hat es in einem seiner Fotoalben! Das ist Bert! Aber was macht das Bild denn auf dieser Pinnwand? Und wer wurde ermordet?«

Dem Chefinspektor ging ein Licht auf. Daher kam ihm der Name Bert bekannt vor! Der vermisste Bert Hohlmeister war der junge

Berti, der gemeinsam mit Kurt Pullhann und Erich Wigener auf dem Donaustrand-Foto aus den Sechzigerjahren abgebildet war!

Das änderte allerdings alles.

20

Meierhofer und Staudinger tauschten besorgte Blicke aus. Beide dachten das Gleiche: Bert Hohlmeister war möglicherweise wirklich in Gefahr. Mehr noch, er schwebte vermutlich sogar in Lebensgefahr! Aber nicht, weil man ihn entführt hatte, um auf diesem Weg Lösegeld zu erpressen, sondern weil er unter Umständen auf der Todesliste ihres gesuchten Mörders stand. Nun hatten sie wahrlich keine Zeit mehr zu verlieren. Sie mussten diesen Hohlmeister finden und mit ihm vielleicht auch ihren Mörder.

Staudinger versuchte, die mittlerweile beinahe hysterische Patricia Hohlmeister zu beruhigen: »Machen Sie sich keine Sorgen, Frau Hohlmeister. Dass Ihr Mann auf diesem Foto ist, hat gar nichts zu bedeuten. Es handelt sich sicher nur um einen dummen Zufall. Gehen Sie nun wirklich nachhause! Wir kümmern uns um alles, versprochen.«

Die vollkommen Aufgelöste folgte ein wenig widerwillig der Anweisung des Gruppeninspektors. Sie war schon beinahe zur Tür draußen, als Meierhofer noch etwas einfiel: »Frau Hohlmeister, eine Frage hätte ich noch: Besitzt Ihr Mann vielleicht eine Waldhütte?«

Erstaunt drehte sich die verzweifelte Frau zum Chefinspektor um. Sie zitterte ein wenig, als sie flüsternd antwortete: »Er ist gerade dabei, eine bauen zu lassen. Im Wienerwald. Damit er mit mir dort die Wochenenden verbringen kann, hat er gemeint. Wissen Sie, schon seit seiner Jugend wollte Bert ein Waldstück sein Eigen nennen, das ist so ein verrückter Kindheitstraum von ihm, aber irgendwie hat es nie geklappt. Ich dachte ja, dass er sich nach einem Grundstück im Dunkelsteinerwald umsieht oder vielleicht auch im Gföhler Wald, deshalb war ich auch recht überrascht, als er vor einigen Monaten, ich glaube, es war rund um Weihnachten, plötzlich dieses Stück im Wienerwald, noch dazu auf Wiener Gebiet, erstanden hat. Er hat es irgendjemandem, der es nicht mehr haben wollte, ziemlich günstig abgekauft. Mit dem Bau der Hütte hat er kurze Zeit später begonnen. Ich habe keine Ahnung, ob sie schon fertig ist oder nicht. Ich denke aber nicht, sonst hätte er sie mir ja schon gezeigt.«

Déjà-vu! Déjà-vu!

Meierhofer spürte wieder dieses verdächtige Kribbeln in seinem Bauch. Dieses Kribbeln im Bauch, begleitet von dem hartnäckigen Kloß in seinem Hals – wenn der erstmal da war, verschwand er nicht so schnell wieder. Bert Hohlmeister, der Berti, der in jungen Jahren zumindest kurzfristig mit Kurt Pullhann und Erich Wigener befreundet gewesen war, hatte sich gegen Weihnachten ein Waldstück im Wienerwald gekauft, um dort eine Hütte bauen zu lassen – und das mit ziemlicher Sicherheit illegal, so einfach war es nämlich gar nicht, die Genehmigung zum Bau einer Waldhütte zu erlangen. Hütte und Wien. Diese Kombination gefiel ihm gar nicht.

»So eine Waldhütte errichten zu lassen, ist doch bestimmt gar nicht so einfach, wie man sich das vorstellt. Ist Ihr Mann deshalb während der letzten Monate öfters in Wien gewesen?«, fragte der Chefinspektor nach.

Patricia Hohlmeister nickte aufgeregt.

»Allerdings, beinahe jedes Wochenende, manchmal auch unter der Woche. Außer natürlich, wenn er arbeiten musste und deshalb im Ausland unterwegs war. Ich wäre ja so gern mitgekommen, aber er hat mich nicht gelassen. Er will mich mit dieser Hütte überraschen, sobald sie fertig ist. Sie soll ziemlich groß werden, mit Betten drin und einer kleinen Küche und so.«

Déjà-vu! Déjà-vu!

Der verheiratete Bert Hohlmeister hatte während der letzten Monate viel Zeit in Wien verbracht! Ausgerechnet in Wien!

Nun mischte sich Staudinger ein: »Wissen Sie vielleicht, welche Farbe die Waldhütte haben wird?«

Patricia Hohlmeisters Augen wurden immer größer. Sonst konnte man aufgrund ihres sicher nicht unbeträchtlichen Botoxkonsums kaum eine Regung in ihrem Gesicht ausmachen. Ein seriöser Schönheitschirurg hatte ihr diese Überdosis wohl kaum verpasst.

»Die Farbe der Hütte? Die ist bei uns seit Wochen ein Streitthema. Stellen Sie sich vor, er will die Hütte grün streichen lassen! In einem grellen Giftgrün, um genauer zu sein. Das ist doch absolut nicht in. Grün ist gerade überhaupt keine Modefarbe, müssen Sie wissen. Aber er lässt sich nicht davon abbringen. Fragen Sie mich nicht, warum, eigentlich mag er Grün gar nicht besonders, mein Mann.«

Nicht gut! Gar nicht gut!

Noch etwas musste Meierhofer wissen: »Wie lange, haben Sie gesagt, war Ihr Mann denn in Japan? Also diese letzte Geschäftsreise, wie lang hat die genau gedauert?«

Die Gattin des Vermissten verdrehte die Augen. »Zwei Wochen. Viel zu lang, wenn Sie mich fragen.«

Zwei Wochen. Bert Hohlmeister hatte die letzten zwei Wochen in Japan verbracht, das bedeutete, er hatte mit ziemlicher Sicherheit nichts von den zwei Colchicin-Mordfällen gehört. Außer natürlich, er hatte im Flugzeug oder am Flughafen eine Zeitung der letzten Tage in die Hände bekommen. Der Chefinspektor hoffte inständig, dass es so war, in diesem Fall war Hohlmeister nämlich möglicherweise vorgewarnt, hellhörig. Wenn nicht, dann schwebte der Mann unter Umständen in allergrößter Gefahr. Sie mussten ihn finden!

»Wissen Sie, wo sich das Waldstück genau befindet, das Ihr Mann gekauft hat?«, kam Gruppeninspektor Staudinger Meierhofer zuvor.

»Ich glaube, in der Nähe von Wien-Döbling, aber ganz sicher bin ich mir da nicht. Wenn Sie wollen, kann ich im Kaufvertrag nachsehen. Den hat mein Mann mit Sicherheit aufbewahrt«, antwortete Patricia Hohlmeister wie aus der Pistole geschossen, »was ist denn mit meinem Mann? Glauben Sie etwa, dass er in Gefahr ist?«

Die plötzlichen Fragen der beiden Kriminalbeamten schienen die Frau zu verunsichern. Sie starrte wieder die beiden großen Pinnwände an, die das Grauen der letzten Tage dokumentierten. Und dann hatte sie die Erleuchtung, eine nicht gerade angenehme Erleuchtung: »Oh mein Gott, glauben Sie etwa, dass Berts Verschwinden etwas mit Ihren Mordfällen zu tun hat? Diese beiden ermordeten Männer, die wurden doch in Waldhütten gefunden, oder? Der Serienkiller! Hat der Serienkiller meinen Mann erwischt?!«

Sie wurde panisch. Rasch ging Staudinger auf sie zu, um sie zu beruhigen: »Nein, nein, Frau Hohlmeister. Machen Sie sich keine Sorgen! Diese Serienkiller-Geschichte, die ist doch nur eine Zeitungsente. Das ist alles noch gar nicht bewiesen. Machen Sie sich keine Gedanken, wir kümmern uns um alles! Versuchen Sie, Ihren Mann zu erreichen, vielleicht löst sich dann alles von selbst.«

Der Gruppeninspektor blickte Meierhofer an. Beide wussten, dass Staudingers Worte gelogen waren, wenn auch nur zum Teil. Natürlich war die Serienmörder-Theorie nicht bewiesen, aber der Chefinspektor hätte sein gesamtes Hab und Gut darauf verwettet, dass Bert Hohlmeister sich gerade in seiner mit Sicherheit längst fertiggestellten, grellgrünen Waldhütte im Wienerwald befand. Und er war dort garantiert nicht allein.

Meierhofer ging auf Patricia Hohlmeister zu, fasste sie vorsichtig an der Schulter und bläute ihr ein: »Sie müssen sich jetzt beruhigen, Frau Hohlmeister! Wir brauchen Ihre Hilfe. Bitte gehen Sie jetzt nachhause und suchen Sie diesen Kaufvertrag! Sobald Sie wissen, wo dieses Waldstück genau ist, geben Sie uns bitte sofort Bescheid, Frau Hohlmeister! Und beeilen Sie sich!«

Patricia Hohlmeister nickte stumm. Wenig später war sie verschwunden. Und die beiden Inspektoren konnten endlich offen miteinander reden.

»Denkst du, was ich denke?«, fragte Staudinger leise.

»Allerdings, das tue ich. Es muss so sein. Es muss einfach so sein«, antwortete Meierhofer, der sich wieder einmal über seinen Vollbart strich, was ein untrügliches Zeichen dafür war, dass sein Gehirn auf Hochtouren lief, »es kann gar nicht anders sein. Dieser Hohlmeister hat mit Sicherheit eine Freundin in Wien. Eine Freundin, die ihn dazu veranlasst hat, sich dieses Waldstück im Wienerwald zu kaufen und darauf eine Hütte zu bauen. Eine Hütte, die er grün streichen soll, genau so, wie Erich Wigener und Kurt Pullhann das zuvor gemacht haben. Möglicherweise auch dieser Frau zuliebe.«

Stefano Staudinger nickte aufgeregt: »Das denke ich auch. Ich glaube, dass diese Tamara und diese Angelika eine Person sind, dieselbe Person, die auch Bert Hohlmeister nach Wien gelockt hat. Es passt ja auch zeitlich perfekt. Wigener und Pullhann lernten ihre ominösen Freundinnen beide rund um Weihnachten kennen, und dieser Hohlmeister hat sich ebenfalls gegen Weihnachten dazu entschieden, dieses Waldstück zu kaufen. Da steckt garantiert eine einzige Frau dahinter. Eine Frau, die sich an die drei Männer herangemacht hat. Die Schritt für Schritt ihr Vertrauen gewonnen hat, um sie dann..«

»...eiskalt zu töten«, vervollständigte Meierhofer den letzten Satz seines Kollegen. »Aber warum macht sie das? Aus purer Lust am Morden?«, setzte er nach.

Staudinger schüttelte vehement den Kopf. »Nein, sicher nicht. Dann hätte sie sich ja willkürlich drei Männer aussuchen können, aber sie wollte diese drei. Die drei, die gemeinsam auf dem Foto aus dem Jahr 1964 abgebildet sind. Die drei, die wahrscheinlich auch noch in dem Jahr miteinander befreundet waren, in dem ein unbekannter junger Mann tot aus der Donau gefischt wurde.«

»Die drei, die von einem Tag auf den anderen den Kontakt zueinander abgebrochen haben. ... Weißt du, was ich glaube, Stefano? Kurt Pullhann, Erich Wigener und Bert Hohlmeister wissen beziehungsweise wussten genau, wer der mysteriöse Ertrunkene war. Sie wissen beziehungsweise wussten wahrscheinlich auch ganz genau, wieso dieser in die Donau gestürzt ist. Möglicherweise haben sie Blut an ihren Händen gehabt. Vielleicht haben sie jahrelang ein Geheimnis mit sich herumgeschleppt. Ein Geheimnis, das zweien von ihnen bereits zum Verhängnis geworden ist.«

»Und das auch noch dem Dritten das Leben kosten könnte, wenn wir ihn nicht rechtzeitig finden sollten«, murmelte Staudinger, »wir müssen diesen Hohlmeister finden. Und zwar so schnell wie möglich.«

*

»Was hast du uns denn da Leckeres mitgebracht? Das riecht ja köstlich.«

»Bärlauchcremesuppe. Du magst Bärlauch doch, nicht wahr?«

»Aber sicher, ich liebe Bärlauch. Wie komme ich zu der Ehre?«

»Das ist ein Einstandsgeschenk. Eigentlich hätte ich dir ja Brot und Salz mitbringen sollen – das habe ich komplett vergessen.«

»Macht nichts, Bärlauch ist mir ohnehin lieber.«

»Der Bärlauch in der Suppe ist ganz frisch. Habe ich selbst gesammelt. Nur für dich.«

»Selbst gesammelt? Na, hoffentlich hast du keine Maiglöckchenblätter erwischt.«

»Aber geh, glaubst du, ich weiß nicht, wie Bärlauch aussieht? Nein, nein, keine Angst, in der Suppe ist mit Sicherheit nur Bärlauch drin, ich will dich ja schließlich nicht vergiften.«

»Und wieso dann zwei Thermoskannen voll Suppe?«

»Traust du mir etwa nicht? Natürlich wegen meiner Laktose-Intoleranz, ich hab' dir doch schon davon erzählt, dass ich keine Milchprodukte essen darf. In deiner Suppe ist Schlagobers, das macht sie nämlich viel samtiger. … Schau, was ich noch mit habe.«

»Wow, wofür brauchen wir das alles denn?«

»Dreimal darfst du raten.«

»Zum Spielen?«

»Genau, zum Spielen natürlich. Gespielt wird aber erst nach dem Essen.«

»Nein, das kannst du nicht von mir verlangen! Ich warte jetzt schon seit mehr als zwei Wochen darauf, endlich wieder mit dir zu spielen. Lass uns zuerst eine Runde spielen, dann wird gegessen, in Ordnung?«

»Na gut, eine Runde. Aber wirklich nur eine. … Wenn ich fertig bin mit dir, wirst du ein stärkendes Süppchen gut brauchen können, mein Lieber.«

»Ich kann's gar nicht erwarten! Mach mich fertig! Na los!«

»Gern. Ich mach dich fertig, so fertig, wie du es in deinem gesamten Leben noch nicht gewesen bist. Und auch nie wieder sein wirst…«

*

Das Telefon schrillte. Staudinger ging ran.

»Aha… okay, das hilft uns weiter. Dankeschön, Frau Hohlmeister, wir werden uns um alles kümmern. Sobald wir mehr wissen, melden wir uns bei Ihnen.«

Meierhofer fuhr sich nervös durch den Bart.

»Und, hat sie herausgefunden, wo die Hütte genau ist?«

»Ja, das hat sie. Sie schickt uns ein Fax – einen Plan der Hütte samt Wegbeschreibung.«

Wenig später ratterte das Faxgerät los. Der Chefinspektor nahm das Blatt aus dem Gerät und studierte kurz den Inhalt der Nachricht.

»Ich weiß Bescheid, also, nichts wie los. Wir haben keine Zeit zu verlieren, es ist also mit Sicherheit besser, wenn ich fahre.«

Staudinger schnappte sich seinen Schlüsselbund und seine Dienstwaffe.

»Du solltest deine besser auch einstecken, Hans.«

»Moment, Moment! Nicht so schnell, Stefano! Wir haben erst vor einem Dreivierteljahr den Fehler gemacht, es zu rasch und allein anzugehen. Sollten wir nicht besser den Wiener Kollegen Bescheid geben? Die können das doch für uns übernehmen. … Außerdem weiß ich nicht, ob du in deinem Zustand so eine weite

Autofahrt wagen solltest. Du bist doch immer noch nicht ganz fit«, bremste der Chefinspektor seinen Kollegen.

Staudinger schien Meierhofers plötzliche Skrupel nicht zu verstehen.

»Weite Autofahrt? Spätestens in einer Dreiviertelstunde sind wir in Wien. Du kannst natürlich auch gern die Kollegen von dort anrufen, aber bis du denen alles erklärt hast, Hintergründe inklusive, und sie die Hütte gefunden haben, sind wir auch schon dort. Keiner kennt die Beteiligten so gut wie wir. Die Sachlage, das, was wahrscheinlich dahinter steckt. Ich fahre jetzt auf alle Fälle los. Du kannst ja hier bleiben, wenn du willst.«

Meierhofer legte die Stirn in Falten. Noch mehr Falten, als dort ohnehin schon waren. »In einer Dreiviertelstunde? Willst du hinfliegen, oder was?«

»Wozu habe ich denn einen Sportwagen, mein Lieber?«

»Nein, nein, den lässt du schön stehen! Wir nehmen, so, wie wir das eigentlich öfters tun sollten, den Dienstwagen und stecken das Blaulicht drauf. Dann schaffen wir es wahrscheinlich wirklich in einer Dreiviertelstunde. Bist du sicher, dass du fahren kannst? Sonst übernehme ich das.«

Meierhofers rechte Hand wühlte sich immer noch durch seinen Vollbart. Er war angespannt, aufgeregt, nervös. Viel schlimmer, als er das sonst in so einem Fall gewesen wäre. Zu groß war nach der Sache im letzten Sommer immer noch die Angst, etwas falsch zu machen.

Stefano Staudinger grinste. »So wie du gerade aussiehst, Hans, ist es auf alle Fälle besser, wenn ich fahre. Du bist ja das reinste Wrack. Keine Angst, wir tun schon das Richtige. Und jetzt lass uns aufbrechen! Jede Minute zählt! Denk an deine Dienstwaffe!«

Der Chefinspektor holte seine Waffe aus der Schreibtischlade. Da gehörte sie eigentlich nicht hin, das wusste er, aber wo kein Kläger, da kein Richter.

»Ich werde die Kollegen aus Wien aber trotzdem informieren. Während der Fahrt. Die sollen wissen, dass wir uns in ihre Angelegenheiten einmischen, oder besser gesagt, wir bitten sie darum, sich in unsere einzumischen.«

Staudinger zuckte resignierend mit den Schultern. »Mach, was du nicht lassen kannst.«

In diesem Augenblick fiel Meierhofer auf, dass der Gruppeninspektor, der einen ausgeprägten Modegeschmack hatte, heute, von seinen Jeans abgesehen, nur in Grüntöne gekleidet war, inklusive einer teuren, grünen Uhr an seinem linken Handgelenk. Grün, ausgerechnet grün!

»Wenn wir mit unseren Vermutungen richtig liegen, passt du mit Sicherheit farblich perfekt zum Tatort, Stefano«, meinte der Chefinspektor, während er hinter seinem Kollegen zum Auto eilte.

Gruppeninspektor Staudinger schloss den Dienstwagen auf.

»Hoffen wir, dass die Waldhütte erst gar nicht zu einem Tatort wird, Hans. Noch einmal überstehe ich den Anblick einer dieser Colchicin-Leichen nicht.«

Meierhofer ließ sich auf den Beifahrersitz fallen.

»Du vergisst, dass es Tage dauern kann, bis das Gift tötet. Eine Leiche finden wir heute wohl nicht vor, aber vielleicht einen zum Tode Verurteilten. Kannst du dich erinnern, was uns Doktor Grahninger erzählt hat? Die Therapiemöglichkeiten sind im Fall einer Colchicin-Vergiftung äußerst eingeschränkt. Ich glaube, einen noch lebenden Menschen zu finden, von dem man weiß, dass er keine Überlebenschancen mehr hat, ist noch schlimmer als der Anblick einer Leiche. Wir müssen diesen Hohlmeister davon abhalten, die Suppe zu essen, das ist unsere einzige Chance. Und auch seine einzige.«

Staudinger steckte das Blaulicht auf das Autodach und startete dann den Wagen. »Hoffen wir, dass es dafür noch nicht zu spät ist. Schnall dich an, Hans! Es könnte eine wilde Fahrt werden.«

21

»So, und jetzt einen Teller Bärlauchcremesuppe. Bleib du liegen, ich richte alles her.«

»Danke, aber ich habe noch keinen Hunger. Lass uns ein Ründchen schlafen oder noch ein bisschen spielen, was meinst du?«

»Ich verhungere gleich, und du weißt ganz genau, dass ich unausstehlich werden kann, wenn das Loch in meinem Bauch zu groß wird.«

»Du und unausstehlich? Das kann ich mir beim besten Willen nicht vorstellen. Du bist doch immer allerliebst, ganz anders als meine Frau. Ich glaube, ich lass mich bald scheiden. Soll sie doch die Hälfte meines Vermögens abstauben. Das ist mir egal. Hauptsache, ich kann bald ein neues Leben mit dir anfangen. Du bist so anders als meine Alte. Zum Glück für mich. Also, komm endlich her! Essen können wir später noch. Lass uns kuscheln!«

»Von mir aus. Aber lange halte ich es wirklich nicht mehr aus.«

»Dann iss halt einstweilen etwas. Ich kann ja später essen.«

»Nein! Das sollte ein romantisches Essen für zwei werden. Du wirst schön brav mit mir einen Teller Suppe essen, oder zwei, sonst war ja die ganze Mühe umsonst! Ich bin doch nicht stundenlang Bärlauch sammeln gegangen, damit du dann nichts isst!«

»Jetzt klingst du beinahe wie meine Angetraute. … Beruhige dich! Ich esse deine Suppe schon, aber vorher will ich mich noch ein bisschen ausrasten. Immerhin bin ich schon ein alter Mann. Spielen macht mich müde.«

»Raste dich aus. Der richtige Moment kommt schon noch.«

*

Gruppeninspektor Staudinger raste mit über 150 km/h auf dem linken Fahrstreifen die S5 Richtung Wien entlang. Chefinspektor Meierhofer saß verschwitzt auf dem Beifahrersitz, die rechte Hand krampfhaft an dem Haltegriff festgekrallt, der sich über seinem Kopf befand.

»Ich würde gern lebendig wieder nachhause kommen, nicht im engen Holzkistl«, stöhnte er, als Staudinger noch einen Zahn zulegte.

Der Blick des Gruppeninspektors klebte weiterhin konzentriert auf der Straße vor ihm. Er war ein guter Autofahrer, wäre als kleiner Bub gern Rennfahrer geworden. Er wusste schon, was er tat.

»Vertrau mir, Hans! Ich bringe dich schon heil nach Wien. Außerdem wollen wir ja, dass auch Bert Hohlmeister wieder lebendig nachhause kommt oder nicht?«

Meierhofer versuchte, sich zu entspannen, aber irgendwie wollte das absolut nicht klappen. Er verzog das Gesicht und antwortete: »Ganz ehrlich, im Moment bin ich mir selbst näher als dieser Bert Hohlmeister. … Aber du hast schon recht, es geht um das Leben eines Mannes, da darfst du schon mal ganz offiziell und legal der Raserei frönen. Für meine alten Nerven ist das trotzdem nichts mehr.«

»Du bist nicht alt, sondern samtig, Hans, zumindest, wenn es nach einer gewissen Gerichtsmedizinerin geht«, erwiderte Staudinger, dem trotz der Konzentration ein Grinsen auskam.

Der Chefinspektor kämpfte gegen das Bild der schönen Geraldine Grahninger, das sich nun erneut in seinem Gehirn breitmachte, seine Gedanken einnahm. Er war sauer auf Stefano. Warum hatte er nur wieder mit ihr angefangen?

»Lass mich mit der Grahninger in Ruhe! Bitte! Ein für alle Mal, in Ordnung!?«, herrschte er seinen Kollegen an.

Staudinger musste den Dienstwagen runterbremsen, weil vor ihnen ein gewaltiger LKW zum Überholen angesetzt hatte.

»Mist!«, rief der Gruppeninspektor grantig. Dann meinte er: »Weißt du was, Hans? Ich verstehe wirklich nicht, warum du immer so seltsam wirst, wenn es um diese Grahninger geht. Gut, sie sieht nicht schlecht aus, aber die Frau ist doch absolut unsympathisch. Was findest du nur an der?«

Der Chefinspektor gab ein wütendes Grunzen von sich.

»Ich finde gar nichts an ihr! Und jetzt will ich nicht mehr über sie reden, verstanden!?«

Stefano Staudinger schüttelte stumm den Kopf. Ihm lag ein ätzender Kommentar auf der Zunge, aber er entschloss sich dazu, ihn dort liegen zu lassen, auch wenn ihm das wahrlich nicht leicht fiel. Dem guten Arbeitsklima zuliebe würde er riskieren, dass ihm die unausgesprochene Bemerkung ein Loch in die Zunge brannte. Er hoffte nur für Hans, seine Frau Irene und sich selbst, dass der Chefinspektor bald aufwachen würde. Dass er bemerken würde, wie gefährlich es war, auch nur gedanklich mit dem Feuer zu spielen. Und Doktor Geraldine Grahninger war das personifizierte Feuer, eher noch Dynamit. Eine gefährliche Mischung auf alle Fälle, vor allem für Hans' Seelenheil und das seiner Gattin. Gefährlich für die harmonische, glückliche Ehe, die die beiden seit Jahrzehnten führten. Eigentlich war es eine Schande, dass Hans das wegen ein paar atemberaubender Kurven in Gefahr brachte. Aber das ging ihn ja nichts an. Es war nicht sein Problem.

Der LKW hatte sich endlich an seinem etwas langsameren, auf dem rechten Fahrstreifen rollenden Kollegen vorbeigequält und die linke Fahrbahn wieder frei gegeben. Staudinger stieg aufs Gaspedal. Der Dienstwagen schoss in einem Höllentempo an den beiden Lastwagen vorbei Richtung Wien. In diesem Moment gab Meierhofers Diensthandy ein nervtötendes Klingeln von sich.

»Meierhofer«, bellte der Chefinspektor mürrisch, weil er sich nun nicht mehr an dem Griff festhalten konnte, der ihm doch ein gewisses Gefühl der Sicherheit vermittelt hatte. Es war Patricia mit c Hohlmeister.

Meierhofers Stimme nahm einen freundlicheren Ton an: »Ah, Frau Hohlmeister, gibt es etwas Neues … Aha … In Ordnung … Gut …. Wir sind schon unterwegs. … Wir melden uns bei Ihnen, sobald wir etwas in Erfahrung gebracht haben. … Bleiben

Sie bitte ganz ruhig! Es wird mit Sicherheit alles gut. … Auf Wiederhören.«

»Und, sag schon, gibt's was Neues?«, fragte Staudinger ungeduldig. Doktor Geraldine Grahninger war wieder vergessen, und das war auch gut so.

Der Chefinspektor schüttelte den Kopf, während er sich langsam über seinen Bart strich. Er war so in Gedanken, dass er sogar vergaß, sich wieder an dem nun vereinsamten Haltegriff festzukrallen.

»Sieht nicht gut aus, obwohl, irgendwie doch«, raunte er, »Frau Hohlmeister hat versucht, Ihren Mann über's Handy zu erreichen, aber er hat es anscheinend ausgeschaltet. Dann hat sie in seinem Hotel angerufen. Er hat heute früh dort ausgecheckt.«

»Heute früh? Das heißt, er hat die Suppe, oder worin auch immer diese Herbstzeitlosenblätter verarbeitet sind, vielleicht noch gar nicht gegessen! Wir müssen uns beeilen. Wenn wir schnell genug sind, können wir ihn vielleicht noch davon abhalten, sein Todesmahl zu sich zu nehmen.«

Der Gruppeninspektor drückte das Gaspedal durch. Die Nadel des Tachometers hatte nun die 160-km/h-Marke bereits überschritten.

»Todesmahl, das klingt gar nicht gut. So gefährlich, so endgültig… Aber vielleicht täuschen wir uns ja auch, und Bert Hohlmeister sitzt in irgendeinem Wiener Kaffeehaus, genießt einen Latte macchiato, den ich übrigens ebenfalls dringend brauchen könnte, ein Stück Sachertorte und lässt es sich gut gehen«, murmelte Meierhofer in seinen Bart hinein.

Stefano Staudinger kommentierte diese Aussage nicht. Genau wie sein Chef spürte er, dass sie reines Wunschdenken war. Bert Hohlmeister schwebte in Lebensgefahr, und zu ihrer aller Übel ahnte er mit hoher Wahrscheinlichkeit nichts davon.

*

»Jetzt haben wir uns aber wirklich lange genug ausgeruht. Ich habe Hunger! Hörst du, wie mein Magen knurrt?«

»Nein, aber ich spüre, wie sich meiner langsam meldet. Ein Teller Suppe wäre jetzt tatsächlich nicht das Schlechteste.«

»Na endlich. Ich warte schon so lange darauf.«

»Nun übertreibst du aber. Ein halbes Stündchen, nicht länger.«

»Ja, natürlich. Ein halbes Stündchen. Aber manchmal kann einem ein halbes Stündchen vorkommen wie eine Ewigkeit. Irgendwie habe ich gerade das Gefühl, dass ich schon eine Ewigkeit darauf warte, dass du endlich meine Suppe isst. Eine Ewigkeit.«

»Weißt du, dass du heute seltsam bist? Geht's dir nicht gut?«

»Doch, mir geht's bestens. Ich finde es schön hier, so ruhig und einsam, verlassen, genau so, wie ich mir das gewünscht habe. Mit dir allein sein, weit weg von jeder anderen Menschenseele, das war mein Traum schon seit langem. Und nun ist es so weit. Nun ist es so weit.«

»Ich finde auch, dass die Hütte schön geworden ist, sogar schöner, als ich gedacht hätte. Du wirst es nicht glauben, aber mittlerweile gefällt mir sogar dieses Grün richtig gut. ... Wenn das meine Frau wüsste. Bald lasse ich mich scheiden. Bald bin ich nur noch für dich da.«

»Endlich... Gut, dann decke ich mal auf.«

»Mach das, ich ziehe mir einstweilen etwas an.«

»Ach, das ist doch nicht nötig. Ich finde es schön, deinen nackten Oberkörper zu sehen. Oder ist dir nicht warm genug, hier herinnen?«

»Doch, doch, geht schon, also ganz, wie du willst, dann esse ich eben halb nackt. Ich glaube, das habe ich in meinem ganzen Leben noch nicht getan. Patricia ist in diesen Dingen schrecklich spießig. Ohne Stoffserviette, Silberbesteck und adäquate Kleidung geht da gar nichts. Bei ihr muss ich mich immer verstellen. Nur bei dir kann ich so sein, wie ich wirklich bin. Wenn ich mit meiner Frau zusammen bin, muss ich funktionieren. Bei dir darf ich leben.«

»Leben. Das ist es doch, was wir alle wollen, nicht wahr? Einfach nur leben.«

*

Meierhofer und Staudinger näherten sich ihrem Ziel: dem Wienerwald, der grünen Lunge Wiens, einem Biosphärenpark, großartig und schützenswert. Trotzdem mochten weder der Gruppeninspektor noch der Chefinspektor daran denken, was sie dort wohl erwarten würde. Zu groß war die Angst, dass sie zu spät dran waren.

»Hier müssten wir richtig sein. Sagen zumindest Patricia Hohlmeisters Plan und das Navigationsgerät. Zum Glück haben wir so was«, murmelte Staudinger, der immer noch hoch konzentriert war und das, obwohl sich seine Kopfschmerzen nun wieder zurückgemeldet hatten, was ihm zu einem aggressivem »Scheiß Gehirnerschütterung!« verleitete.

Meierhofer beobachtete seinen Kollegen besorgt. Er hatte bereits bemerkt, dass es diesem nicht mehr ganz so gut ging, immerhin kannte er ihn nun schon länger.

»Soll ich übernehmen?«, fragte er deshalb vorsichtig.

Der Gruppeninspektor schüttelte vehement den Kopf, eine Tatsache, die ihm eine weitere Schmerzattacke bescherte.

»Au! Al diavolo! … Nein, geht schon. Ich muss nur später noch eine dieser Wunderpillen nehmen, dann wird das schon wieder.«

Da war er wieder, Stefano Staudingers schon beinahe legendärer Perfektionismus, gepaart mit einer ordentlichen Prise Ehrgeiz. Er würde erst aufgeben, wenn er halb tot in irgendeiner Ecke lag. Eine Gehirnerschütterung konnte ihn auf alle Fälle nicht davon abhalten, ein Menschenleben zu retten.

Staudinger bog schwungvoll in eine Forststraße ein. Sie kamen ihrem Ziel immer näher. In diesem Moment landeten die ersten Regentropfen auf der Windschutzscheibe des Dienstwagens, der nun nicht mehr mit Blaulicht unterwegs war.

»Es regnet«, flüsterte Meierhofer erstaunt.

Dem Gruppeninspektor entkam ein Grinsen.

»Dass du das bemerkt hast, Hans, ein Wahnsinn! Kein Wunder, dass du es bis zum Chefinspektor gebracht hast.«

Der Sechsundfünfzigjährige warf seinem Kollegen einen strafenden Blick zu. »Ist dir nicht aufgefallen, dass es geregnet hat, als man Kurt Pullhanns Leiche gefunden hat, und auch, als man auf die unappetitlichen Überreste von Erich Wigener gestoßen ist? Und jetzt regnet es schon wieder.«

Staudinger zuckte mit den Schultern.

»Na und. Ein Zufall. Dieser April ist einfach furchtbar regnerisch. Du weißt schon, April, April…«

»..macht, was er will. Danke, den Spruch kenne ich auch, Stefano. Ich glaube nicht, dass das nur ein Zufall ist, vielleicht sucht sich unser Täter oder unsere Täterin bewusst Schlechtwetterphasen aus, weil dann die Gefahr, entdeckt zu werden, geringer ist. Je schlechter das Wetter ist, desto weniger Leute sind im Wald unterwegs.«

Ein erneutes Schulterzucken des Gruppeninspektors war die Folge.

»Keine Ahnung. Ich glaube eher, dass es ein Zufall ist. Ist aber eigentlich auch egal. Nicht egal ist natürlich, dass meine neuen Schuhe jetzt furchtbar dreckig werden.« Mittlerweile hatte sich das Tröpfeln zu einem gewaltigen Regenguss entwickelt. Die Scheibenwischer des Dienstwagens hatten große Mühe, die Wassermassen von der Windschutzscheibe zu transportieren.

Meierhofer legte die Stirn in Falten, bevor er sich über seinen Bart strich.

»Unsere Schuhe machen mir die geringsten Sorgen. Das Wetter ist für Bert Hohlmeister gefährlich. Was gibt es Idyllischeres, als bei Regenwetter in einer Waldhütte eine wärmende Suppe zu essen?«

»Mir fiele da etwas anderes ein, was man bei Regenwetter in einer Waldhütte machen könnte. Etwas, das auch wärmt«, konterte der Gruppeninspektor keck.

»Du vergisst, dass Hohlmeister älter als ich ist. Glaub mir, der bevorzugt bei diesem Wetter, noch dazu in einer Waldhütte, die Suppe«, lautete Meierhofers nüchterne Antwort.

»Hoffentlich keine Bärlauchcremesuppe.«

»Doch, ich befürchte schon. Also beeil' dich, Stefano!«

»Ich mach schon, so schnell ich kann. Weit kann es nicht mehr sein.«

*

»Horch, wie es jetzt schüttet! So ein Glück, dass wir nicht raus müssen.«

»Und dass wir ein wärmendes Süppchen essen können. Bitteschön. Ein Teller für dich, und einer für mich.«

»Dankeschön. Die duftet köstlich. Meine schaut besser aus als deine, aber kein Wunder, wenn Schlagobers drin ist.«

»Für dich nur das Beste. Nur das Beste. Iss!«

»Ich liebe Bärlauch. Es geht doch nichts über diesen Duft nach Knoblauch. Ist auch gesund, das Kraut.«

»Eben, deine Suppe ist gesund, also iss sie! Sonst wird sie noch kalt.«

»Kalte Suppe? Nein danke, das muss wirklich nicht sein. Kalter Kaffee macht wenigstens schön, aber kalte Bärlauchcremesuppe. ... Mhm...«

»Was hast du denn? Schmeckt's dir nicht?«

»Doch, doch, aber ... findest du nicht auch, dass die Suppe ein wenig bitter schmeckt?«

»Bitter? Nein, überhaupt nicht. Das bildest du dir ein. Aber bitte, wenn sie dir nicht schmeckt, musst du sie nicht essen. Ich bin nicht beleidigt.«

»Nein, nein, sie schmeckt gut, wirklich. Ich esse sie schon, immerhin hast du dir so viel Mühe gemacht.«

»Wer seinen Teller zuerst geleert hat, darf das Spielzeug für die nächste Runde aussuchen.«

»Da schmeckt's mir gleich noch viel besser.«

22

Der Dienstwagen kämpfte sich die immer schwerer befahrbare Forststraße hinauf, für solche Fahrten war er eigentlich nicht konzipiert. Der starke Regen trug nicht unbedingt dazu bei, die Situation für Meierhofer und Staudinger einfacher zu machen.

Der Gruppeninspektor warf das Handtuch: »Weit kann es nicht mehr sein. Ich glaube, wir sollten das Auto stehen lassen. Zu Fuß sind wir sicher schneller, auch wenn ich die falschen Schuhe für so eine Aktion anhabe.«

»Wahrscheinlich hast du recht«, pflichtete ihm der Chefinspektor bei, »erinnere mich daran, dass ich mir ein Paar Gummistiefel ins Büro stelle. Für alle Fälle. Ist jetzt schon das zweite Mal, dass ich mir die Socken nass machen muss. Aber wer konnte denn auch ahnen, dass wir heute noch einen Ausflug in den Wienerwald machen. Von Wäldern habe ich nach den letzten Tagen die Schnauze gehörig voll.«

»Ich auch. Vor allem von Waldhütten. Aber als Tatorte sind sie natürlich klug gewählt. Abgeschieden, einsam, schwerer erreichbar als andere Örtlichkeiten.«

Staudinger parkte den Wagen. Er und Meierhofer stiegen aus dem Dienstauto.

»Scheiße, Schirm haben wir natürlich auch keinen mit!«, fluchte der Gruppeninspektor, der die ungeplante, kalte Dusche nicht besonders prickelnd fand.

»Wäre aber auch nicht unbedingt unauffällig, wenn wir mit Schirmen durch den Wald laufen würden. Vor allem, wenn ich da an deinen Lieblingsschirm denke«, erwiderte Meierhofer schmunzelnd.

Stefano Staudinger besaß einen beeindruckend großen Regenschirm in nicht gerade dezentem Neongelb, den er bei Schlechtwetter regelmäßig mit ins Büro brachte.

Der Gruppeninspektor grinste nun ebenfalls.

»Mach dich nicht über meinen Schirm lustig, Hans, verkehrssicherheitstechnisch ist der ein Traum. Mit diesem Ding kann mich kein Autofahrer übersehen. Nicht einmal im ärgsten Sauwetter. Insofern ist es natürlich wirklich nicht so unklug, dass ich ihn jetzt nicht dabei habe. Wäre schlecht, wenn wir unseren Täter zu früh auf uns aufmerksam machen. Hast du deine Waffe dabei?«

Chefinspektor Meierhofer prüfte den Sitz seiner Dienstwaffe.

»Ist dort, wo sie hingehört«, antwortete er schließlich zackig.

Er hatte große Mühe, seinen beschleunigten Puls zu ignorieren. Auch das unangenehme Ziehen in seiner Magengegend wurde immer aufdringlicher. Warum schaffte er es nicht, in solchen Situationen cool zu bleiben? Wie die Kriminalbeamten in Film und Fernsehen, die sich ständig in Gefahr brachten, ohne mit der Wimper zu zucken, immer lässig, gutaussehend und energetisch. Stefano entsprach wohl eher dem Bild des unverwundbaren Polizisten, zumindest war er in jeder Lage unbeschreiblich gutaussehend. Nervös war er wahrscheinlich trotzdem, und seine Gehirnerschütterung zeugte davon, dass auch er kein Superman war, dem nichts passieren konnte. Meierhofers Herzschlag wurde unaufhörlich schneller. Warum hatte er sich nur für diesen Beruf entschieden?

»Im nächsten Leben werde ich Matratzentester«, murmelte der Chefinspektor in seinen Bart hinein.

Stefano Staudinger, der diesen Kommentar akustisch nicht verstanden hatte – Regen konnte im Wald unglaublich laut sein – fiel ihm ins Wort: »Ich bin gespannt, ob es die Wiener Kollegen rechtzeitig zur Hütte schaffen.«

Meierhofer schüttelte den Kopf. »Glaube ich nicht. Der Typ, mit dem ich gesprochen habe, hat nicht besonders interessiert geklungen. Die haben wahrscheinlich selbst genug um die Ohren. Geht's da lang?«

»Ich glaube schon. Schau, dort drüben ist ein Weg! … So ein Schmarren, meine Schuhe sind komplett hinüber.«

Der Gruppeninspektor warf seinen teuren Tretern einen mitleidigen Blick zu.

»Deine Schuhe sind das geringste Problem. Eine Lungenentzündung werden wir uns holen«, flüsterte sein Chef nüchtern. Er war bewusst leise geworden. Er spürte, dass sie dem Tatort näher kamen. Nun mussten sie sich darauf konzentrieren, möglichst unauffällig zu sein. Stumm drangen Meierhofer und Staudinger immer tiefer in das Herz des Wienerwaldes vor. Sie ahnten nicht, was sie dort erwartete, und das war auch besser so.

*

»Sei mir nicht böse, wenn ich nichts mehr esse, aber ich bin satt. Außerdem fühle ich mich nicht wohl.«

»Oje, habe ich dich überfordert vorhin? Schade, eigentlich hätte ich noch etwas ganz Besonderes mit dir vorgehabt. Ein Spiel – ein ziemlich unanständiges.«

»Du willst noch mal spielen? Seit wann bist du denn so unersättlich?«

»Na ja, immerhin habe ich dich ein paar Wochen nicht gesehen. Ein paar Wochen ohne Sex sind für deine Angetraute vielleicht kein Problem, aber ich bin da anders, wie du weißt.«

»Keine Ahnung, wann meine Angetraute das letzte Mal Sex gehabt hat. Mit mir kann's auf alle Fälle nicht gewesen sein. Ich brauche meine gesamte Manneskraft ja für dich.«

»Und das ist auch gut so. Also, bist du dabei? Könnte allerdings sein, dass es ein bisschen wehtut.«

»Das ist doch das Schönste daran. Ich bin zu jeder Schandtat bereit. Hier können wir schließlich machen, was wir wollen, ohne Angst haben zu müssen, dass uns jemand dabei stört.«

»Genau, es ist perfekt. Uns stört keiner. Absolut niemand wird uns dabei stören.«

*

Hans Meierhofer und Stefano Staudinger kämpften sich immer noch durch den Wienerwald. Mittlerweile waren sie beide bis auf die Knochen nass und durchgefroren, von den Knien abwärts sahen sie aus wie kleine Kinder, die im Gatsch gespielt hatten.

»Wo bleibt denn bloß diese Hütte? Kannst du sie irgendwo sehen, Hans?«, fragte der Gruppeninspektor seinen Chef eben ein wenig verzweifelt.

Der schüttelte frustriert den Kopf.

»Nein, keine Ahnung, wo das Ding ist. Das gefällt mir nicht, Stefano, das gefällt mir gar nicht. Ich werde dieses unangenehme Gefühl nicht los, dass wir uns verfranst haben. Wir kommen zu spät, wenn wir diese blöde Waldhütte nicht bald finden!«

»Wir kommen zu spät«, wiederholte Staudinger bitter.

Hoffentlich würden sie nicht wirklich zu spät kommen. Immerhin stand ein Menschenleben auf dem Spiel. Das Leben eines unschuldigen Mannes. Oder war er vielleicht gar nicht so unschuldig, der Mann, den sie retten wollten?

*

»Das ist aber ganz schön eng. Muss das so eng sein?«

»Aber sicher muss es das. Ich will doch nicht, dass du mir davonläufst. Zurück zu deiner Frau.«

»Meine Frau ist die Letzte, zu der ich laufen würde. Wenn ich daran denke, dass sie keine Ahnung hat, wo ich bin. Das gibt Ärger, wenn ich nachhause komme.«

»Keine Angst, du wirst nicht nachhause kommen. Du gehst nirgends mehr hin.«

»Ein traumhafter Gedanke, aber leider wird es ein Traum bleiben. Für immer hier mit dir, in dieser Hütte. Bis ans Ende meiner Tage.«

»Bis ans Ende deiner Tage. Genau. Kein Traum, mein Lieber, sondern Realität. Du wirst hierbleiben bis ans Ende deiner Tage. Aber keine Sorge, das

Ende naht mit großen Schritten. Morgen, spätestens übermorgen sollte es so weit sein. Dann bist du tot, ha, ha, ha! Mausetot.«

»Hör auf damit! Du machst mir Angst! Binde mich wieder los! Ich bekomme keine Luft!«

»Du bekommst keine Luft? Ha! Das wird noch viel schlimmer, glaub mir! Im Vergleich zu dem, was du in ein paar Stunden erleben wirst, kannst du momentan sogar richtig tief durchatmen. Aber in wenigen Stunden, da wird es tatsächlich anders sein. Da wird dir furchtbar übel werden. Du wirst dich übergeben, du wirst diesen Druck auf der Lunge spüren, deine Kehle, sie wird wie zugeschnürt sein, und dann, dann bist du tot. Der Tod wird dir wie eine Erlösung vorkommen. Denn davor wirst du leiden. So leiden, wie ich gelitten habe. Leiden, du wirst leiden. Du bist dem Tod geweiht, also schließe mit deinem Leben ab und bitte um Vergebung für all deine Sünden! Besonders für diese eine, diese größte aller Sünden. Du weißt, welche ich meine?«

»Mein Gott, du bist verrückt geworden! Was redest du nur für wirres Zeug!? Was willst du von mir? Binde mich endlich los! Ich will hier weg! Binde mich sofort los!«

*

»Da vorne! Das ist ein Geländewagen!« Staudinger deutete aufgeregt auf etwas Silbernes, das zwischen den hohen Bäumen hervorblitzte. Sein Arm zitterte dabei ein wenig, so kalt war dem Gruppeninspektor mittlerweile. Doch er ignorierte genau wie sein Chef die Eiseskälte, die von ihm Besitz genommen hatte, sie hatten ein Ziel, das es zu erreichen galt, und wie es nun schien, kamen sie diesem endlich näher.

»Tatsächlich. Das ist ein Auto«, Meierhofer eilte auf den Wagen zu, »ein Auto mit Kremser Kennzeichen!«

Staudingers Augen blitzten auf.

»Das heißt, Bert Hohlmeister kann nicht mehr allzu weit sein. Wahrscheinlich hat er das Auto stehen gelassen und ist zu Fuß weitergegangen.«

»Hoffen wir, dass der Hohlmeister nicht weit ist. Hoffen wir das, Stefano. Wie heißt es so schön? Die Hoffnung stirbt zuletzt. Lieber wäre mir allerdings, wenn Bert Hohlmeister erst nach der Hoffnung sterben würde. Aber langsam befürchte ich, dass es nicht so sein wird. Die Hütte sehe ich nämlich noch nirgends«, brummte Meierhofer ein klein bisschen weniger euphorisch als sein Kollege.

»Dabei sollte die doch zumindest von der Farbe her unübersehbar sein«, setzte er grantig nach. Sein letzter Kaffee lag nun schon viel zu lange zurück, der Koffeinspiegel im Blut des Chefinspektors sackte bereits bedrohlich ab. Trotz des Kicks durch das Adrenalin, das sein Körper aufgrund der Aufregung gerade massenhaft ausstieß, fühlte sich Meierhofer nicht frisch. Er wollte nicht hier sein. Er wollte nachhause auf seine Couch, eine Tasse Latte macchiato in der Hand, wenn es ging mit ein wenig Zimt darauf.

»Sei nicht dumm, alter Mann, ein Menschenleben steht auf dem Spiel, und du denkst an Kaffee!«, tadelte ihn sein Gewissen. Ein Menschenleben stand auf dem Spiel. Genau, und deshalb mussten sie endlich diese Waldhütte finden!

*

»Du bist verrückt! Du bist wahnsinnig! Komplett durchgeknallt! Warum tust du das!? Zum letzten Mal, ich verlange von dir, dass du mich losmachst, hast du verstanden!?«

»Na, na, na, glaubst du wirklich, dass du in deiner Lage auch nur irgendetwas von mir verlangen kannst? Zu spät, mein Lieber, zu spät. Du hättest mir einfach nicht vertrauen dürfen. Ziemlich dumm von dir, dass du dich von mir hast fesseln lassen. Noch dümmer war allerdings, dass du die Suppe gegessen hast. Diese Suppe war deine Henkersmahlzeit, ein Teufelsmahl, wenn man so will. Sie wird dich töten, diese Suppe. Weißt du, ich habe mir gedacht, ich sollte doch einmal ein neues Rezept ausprobieren. Herbstzeitlosencremesuppe statt Bärlauchcremesuppe. Du hast es gegessen, das Zeug. Dumm nur, dass Herbstzeitlosenblätter so schrecklich giftig sind. Ist sicher

nicht gut für deinen Teint, mein Lieber. Dabei warst du doch für einen Mann deines Alters so attraktiv, so samtig, ha, ha, ha! Samtig wie ein reifer Wein. Dass du mir diesen Schmarren abgekauft hast, unglaublich.«

»Du redest wirres Zeug! Das kann nicht dein Ernst sein! Welchen Grund hättest du, mich zu töten? Was versprichst du dir davon? Ich habe mein Testament noch nicht umschreiben lassen. Meine Frau erbt alles. Alles.«

»Testament, erben. Du klingst genau wie die anderen beiden. Als ob es mir um etwas so Profanes wie Geld gehen würde. Der Erich und der Kurt, die haben auch ziemlich lange gebraucht, bis sie geschnallt haben, was los ist, aber du, du schlägst alles. Na, klingelt es immer noch nicht? Weißt du wirklich nicht, wer ich bin und was ich will? Schau mich mal genau an! Stell dir vor, meine Haare wären blond, die Augen blau – ja, da staunst du, was? Grüne Kontaktlinsen, das mit dem Haarefärben ist heutzutage auch keine Kunst mehr, und die Nase, die habe ich mir operieren lassen. Es geht doch nichts über ein kleines Stupsnäschen. Aber sonst, sonst sehe ich doch eigentlich genauso aus wie damals? Nicht wahr?«

»Du!? Oh, mein Gott, du!?«

»Ja, genau, ich. Glaubst du jetzt, dass du sterben wirst?«

23

Meierhofer klopfte das Herz nun buchstäblich bis zum Hals. Ein Blick auf seinen Kollegen verriet ihm, dass es diesem nicht anders ging.

Sie hatten die Hütte gefunden! Sie hatten tatsächlich die Waldhütte entdeckt. Die Waldhütte, die in demselben knalligen Grün gestrichen war wie die Hütten der beiden Colchicin-Opfer. Gruppeninspcktor Staudinger, der dem Chefinspektor ein paar Schritte voraus war, zog seine Waffe. So rasch und leise wie nur irgendwie möglich bewegte er sich auf die grüne Holzhütte zu. Dabei versuchte er, die Aufregung zu ignorieren, die in ihm hochstieg. Ein Gefühl der Panik beschlich ihn. Die Situation erinnerte ihn zu sehr an seine Begegnung mit Patrick Pullhann in der Waldhütte dessen Vaters. Augenblicklich schoss eine Welle des Schmerzes durch seinen Kopf. Psychosomatik in Reinkultur. Er musste sich in den Griff bekommen! Augen zu und durch. Wie ein Autofahrer, der sich kurz nach einem Unfall zum ersten Mal wieder hinters Steuer setzte. Einfach ignorieren, diese Angst.

Stefano Staudinger hatte nicht die geringste Ahnung, dass in seinem Freund und Chef gerade dasselbe vorging. Auch ihn beschlich dieses Unwohlsein, das in einer derartigen Situation absolut nichts verloren hatte! Meierhofer sah sie trotzdem vor sich, diese Bilder vom letzten Sommer. Die Fehlentscheidung, die er damals getroffen hatte, hatte einen Mann zum Pflegefall gemacht. Er wollte nicht schon wieder daran schuld sein, dass etwas schief ging. Er wollte dieses Mal alles richtig machen. Er musste Bert Hohlmeister einfach retten! Er musste ihn davon abhalten, dieses Zeug zu essen! Meierhofer hatte nun ebenfalls die Hütte erreicht. Vorsichtig spähte er durch eines ihrer Fenster. Was er sah, gefiel ihm gar nicht. Zu spät. Sie kamen zu spät. Der Mann, der halb nackt an einen Sessel gefesselt in der Mitte der geräumigen Waldhütte saß, das war Bert Hohlmeister. Sie waren zu spät. Er hatte schon wieder versagt.

*

»Gut, du weißt nun also, wer ich bin. Verstehst du nun, warum ich das tue? … Du nickst. Hat es dir die Sprache verschlagen? Egal, Hauptsache, du weißt, warum du sterben musst. Qualvoll sterben, wohlgemerkt. Du musst büßen! Du musst büßen für das, was du getan hast!«

»Ich will nicht sterben! Ich will noch nicht sterben!«

»Stell dir vor, du bist nicht der Erste, der das sagt. Kannst du dich erinnern? Ja!? … Ich sehe, du kannst es. Wie du mir, so ich dir. Alles klar? Ich werde dann gehen. Du brauchst mich nicht zum Sterben. Ich habe alles in die Wege geleitet. Den Rest schaffst du selbst. Das Gift wird schon dafür sorgen. Zusehen dabei muss ich dir nicht unbedingt. Wird ziemlich unappetitlich werden, weißt du. Allerdings brauche ich dir ja nicht davon zu erzählen, wie es ist, jemandem beim Sterben zuzusehen. Damit kennst du dich schließlich aus. Machs gut, Bert. Keine Angst, du wirst nicht einsam sein, Kurt und Erich warten bereits auf dich. In der Hölle, dort, wo ihr drei hingehört.«

*

Staudinger blickte Meierhofer fragend an. Der nickte nur. Jetzt oder nie. Sie mussten zugreifen, auch wenn es schon zu spät war. Auch wenn Bert Hohlmeister schon verloren war, mussten sie die Person, die ihm das angetan hatte, schnappen. Diese Person, die er nur als Silhouette wahrgenommen hatte. Eine verführerische Silhouette, die ihm allzu bekannt vorkam.

Staudinger riss die Tür der Waldhütte auf.

»Kriminalpolizei! Kommen Sie mit erhobenen Händen heraus!«,

plärrte er in ohrenbetäubender Lautstärke, um sicherzugehen, dass er das Prasseln des Regens übertönte.

Als niemand die Hütte verließ, stürmte der Gruppeninspektor mit gezogener Waffe hinein. Meierhofer folgte ihm, auch er hatte seine Waffe im Anschlag. Die Waffe, die er wenig später auf eine Frau in etwa seinem Alter richtete. Eine Frau, die überraschend sympathisch aussah. Sie hob beide Hände in die Höhe.

»Keine Angst, meine Herren. Ich bin unbewaffnet. Gehen wir, meine Mission ist erfüllt. Mein Werk beendet. Er wird sowieso sterben, auch wenn Sie jetzt sofort die Rettung rufen. … Ich nehme an, Sie wollen mir Handschellen anlegen, Herr Chefinspektor Meierhofer. «

Die Frau Anfang sechzig streckte dem Kriminalbeamten bereitwillig die Arme entgegen. Als sich in dessen Gehirn der Gedanke: »*Woher kennt sie meinen Namen?*« manifestierte, war es schon zu spät.

*

»Lassen Sie die Waffen fallen, meine Herren, oder ich jage Ihnen eine Kugel durch den Kopf, was gerade in Ihrem Fall nicht so schön wäre, Herr Gruppeninspektor. Sie hatten doch eben erst eine Gehirnerschütterung. Allerdings würden Sie von diesen Kopfschmerzen wohl nicht mehr so viel mitbekommen. Ist ziemlich endgültig, so ein Kopfschuss. Das sagt mir meine jahrelange Berufserfahrung, ha, ha, ha!«

Meierhofer erschauderte. Diese dunkle, erotische Stimme kannte er doch. Nun wusste er auch, woher die Verdächtige seinen Namen kannte.

»Alles in Ordnung, Mama? Die beiden haben dir doch nicht wehgetan, oder?«

»Nein, nein, mein Kind, alles bestens. Ihn habe ich erledigt, aber was machen wir jetzt mit deinen Kollegen? Sie sind doch so etwas wie deine Kollegen oder nicht?«

Chefinspektor Meierhofer blickte auf den gefesselten Bert Hohlmeister, dem die Panik ins Gesicht geschrieben stand. Panik, die fühlte er auch. Was hatte Stefano über Doktor Geraldine Grahninger gesagt - *Die gehört nicht zu den Guten* oder so ähnlich? Er hätte auf die Menschenkenntnis seines jungen Kollegen vertrauen sollen. Grahninger gehörte wirklich nicht zu den Guten. Vorsichtig drehte sich der Chefinspektor zu ihr um. Da stand sie, atemberaubend schön wie immer, in einer engen, schwarzen Hose und einem ebenso schwarzen, dünnen Rollkragenpulli. Die personifizierte Verführung. Eine tödliche Verführung, wie es schien.

»Frau Doktor Grahninger, dieses Mal waren wir früher am Tatort als Sie.« Meierhofer versuchte, sich seine Angst nicht anmerken zu lassen.

»Halten Sie den Mund, Meierhofer! Ich habe gesagt, Sie sollen die Waffe fallen lassen! Genau so wie Gruppeninspektor Staudinger das gemacht hat. Er ist eben folgsam, unser junger Kollege.«

Tatsächlich. Meierhofer blickte auf Stefanos Dienstwaffe, die auf dem Boden lag. Er hatte sie wirklich fallen gelassen. Der Chefinspektor konnte sich auch vorstellen, warum. Er sah Stefano in die Augen. Der nickte kaum merklich. Beide wussten, was sie zu tun hatten. Auch wenn der Gedanke daran Meierhofer gar nicht gefiel. Immerhin musste er schnell sein, weil sein junger Kollege sonst möglicherweise in Gefahr schwebte.

Der Chefinspektor versuchte, einen möglichst sanften Ton anzuschlagen, als er auf Doktor Grahninger einsprach: »Frau Doktor Grahninger, warum tun Sie das? Sie sind doch kein schlechter Mensch. Sie sind Gerichtsmedizinerin! Wir sind die Guten! Wir kämpfen miteinander gegen das Böse, haben Sie das schon vergessen?«

Das Kobra-Lächeln erschien auf dem Gesicht der Gerichtsmedizinerin. Das Kobra-Lächeln, begleitet von einem melancholischen Ausdruck in den Augen der Schönen. Einen Ausdruck, den Meierhofer noch nie in ihnen gesehen hatte.

»Aber das tue ich doch. Ich kämpfe gegen das Böse. Dieser Mann ist böse. Er und Kurt Pullhann und Erich Wigener, die drei waren böse, damals, als sie meinen Vater getötet haben, nicht wahr, Mama?«

»Ja, mein Kind. Die drei waren böse, aber wir haben ihnen Gleiches mit Gleichem vergolten. Der Kurt und der Erich, die haben schon gelitten, und er«, die Frau, die anscheinend Geraldine Grahningers Mutter war, deutete auf Bert Hohlmeister, »er wird noch leiden. Wir haben es geschafft! Die Rache ist unser!«

Die Verdächtige ging langsam einige Schritte auf ihre Tochter zu. Das war der Moment, auf den Staudinger und Meierhofer gewartet hatten. Ersterer bückte sich blitzschnell, um seine Waffe wieder aufzuheben.

»Liegen lassen, Staudinger!«, brüllte die Gerichtsmedizinerin, während sie herumfuhr und mit der Faustfeuerwaffe, die sie in ihren zitternden Händen hielt, auf den Gruppeninspektor zielte. Meierhofer holte tief Luft und tat dann das, was er noch nie zuvor getan hatte. Etwas, das er nie hatte tun wollen. Aber heute ging es nicht anders. Heute war es nötig, um Stefanos und sein Leben zu retten. Er jagte Doktor Geraldine Grahninger, der atemberaubend schönen Frau, die ihn zumindest gedanklich zum Fremdgänger gemacht hatte, eiskalt eine Kugel in die rechte Schulter.

24

Rückblende

Es ist kurz nach Mitternacht im April 1965. Die Donau, in der sich der runde Vollmond spiegelt, fließt majestätisch unter der mächtigen Donaubrücke zwischen Stein und Mautern durch. Der Brücke, auf der sich bald dramatische Szenen abspielen werden.

Drei junge Männer, bereits etwas angeheitert, stehen auf der Brücke und schauen auf den Hochwasser führenden Fluss hinunter. Abgelenkt werden sie erst vom Anblick einer außergewöhnlich gutaussehenden Blondine im traditionellen blauen Wachauer Dirndl, die von Mautern nach Stein spaziert.

Der kräftigste der drei Männer setzt ein schmieriges Lächeln auf. Er geht auf die hübsche Blondine zu.

»Hallo, schöne Frau. Dass wir dich hier treffen – so ein Glück.«

»Lass mich in Ruhe, Pullhann! Du gehst mir auf die Nerven«, antwortet die junge Frau angewidert.

Das Lächeln des jungen Mannes wird noch breiter. Er fühlt sich herausgefordert. Sie will spielen, sie will erobert werden. Genau so mag er es.

»Aber, aber, Franziska, warum denn so schroff? Immerhin schuldest du mir noch einen Kuss. Aber einen richtigen, klar?«

Er geht noch einen Schritt auf die Blondine, Franziska Grahninger, zu. Die weicht zurück.

»Ich habe keine Ahnung, wovon du sprichst, Pullhann. Du kannst ja deine beiden Freunde abbusseln, von mir bekommst du sicher keinen Kuss.«

Die Miene des jungen Kurt Pullhann gefriert. Er fühlt sich betrogen – um seinen Wetteinsatz betrogen. Wettschulden sind schließlich Ehrenschulden.

»Aber ich habe die Waldhütte fertig. Wer es als Erster schafft, dir eine Waldhütte zu bauen, bekommt einen Kuss von dir oder auch mehr. So war das ausgemacht.«

Franziska Grahninger wird übel. Natürlich hat sie das nicht vergessen. Sie könnte sich ohrfeigen! Warum hat sie sich vor ein paar Monaten nur auf diese dumme Wette eingelassen? Nie im Leben hätte sie gedacht, dass eine der drei Flaschen das schaffen würde. Eine Hütte bauen, nur für sie. Aber anscheinend hat sie sich getäuscht. Und dann gewinnt auch noch dieser grausliche Kurt Pullhann! Dem Wigener Erich, dem hätte sie vor ein paar Monaten eigentlich ganz gern einen Kuss gegeben. Aber jetzt, jetzt ist sowieso alles anders. Sie wird heiraten! Morgen wird sie heiraten! Ganz still und heimlich. Nur sie und ihr Gery wissen davon. Gery, ihr Freund aus Wien, der eigentlich aus England kommt. Erst seit ein paar Monaten lebt er in Österreich, und nur ihr zuliebe will er hier bleiben. Sich in Österreich niederlassen. Für immer und ewig. Bis, dass der Tod euch scheidet. Morgen werden sie heiraten. Er wird sie zu einer ehrbaren Frau machen. Und das ist auch gut so, immerhin trägt sie Leben unterm Herzen. Sie erwartet ein Kind. Ein Kind von Gery, ihrer ersten großen Liebe. Morgen, morgen wird alles gut.

Sie nimmt all ihren Mut zusammen und versucht, ihre Stimme so fest wie möglich klingen zu lassen: »Das ist lange her, Pullhann. Die Dinge haben sich geändert. Ich kann dich nicht küssen, nimm's mir nicht übel. Und jetzt lass mich durch! Ich muss nachhause. Meine Eltern mögen es gar nicht, wenn ich zu spät komme.«

Kurt Pullhann winkt seine beiden Freunde zu sich.

»Habt ihr das gehört, Männer? Sie drückt sich. Das können wir ihr doch nicht durchgehen lassen, oder? Wenn sie mich nicht freiwillig küsst, dann werde ich mir einfach holen, was ich verdiene, was meint ihr?«

Erich Wigener, ein unglaublich gutaussehender junger Mann, lacht laut auf.

»Aber sicher, Kurt, hol dir, was du verdienst! Vielleicht hole ich mir dann auch noch einen Kuss oder zwei.«

»Wir halten sie für dich, Kurt, dann kann sie nicht flüchten, die kleine Betrügerin«, raunt Bert Hohlmeister, der dritte junge Mann, ein eher unscheinbares Milchbubi, giftig.

Franziska Grahninger versucht noch zu flüchten, aber sie hat keine Chance, nicht die geringste. Erich Wigener und Bert Hohlmeister packen sie unsanft und drücken sie gegen das Brückengeländer.

»Geht schon, Kurt, sie wartet nur darauf, von dir geküsst zu werden. Möglicherweise wird dann doch noch ein Prinz aus dir, ha, ha, ha!«, lacht Erich Wigener.

Franziska Grahninger wird schlecht, als Kurt Pullhann ihr immer näher kommt. Sein Gesicht berührt schon fast das ihre. Er hat Mundgeruch. Wenn er sie tatsächlich küsst, muss sie sich sicher übergeben. Pullhann greift mit beiden Händen nach ihrem Gesicht. Da wird er plötzlich von ihr weggerissen.

»Leave her alone, buddy. She's my girl«, hört die junge Blondine eine ihr äußerst vertraute Stimme. Dann landet eine Faust auf Kurt Pullhanns Nase, ein Knacken ist zu hören, und Blut fließt. Franziska Grahninger atmet auf. Gery! Er ist hier! Er wird sie retten!

Kurt Pullhann nimmt den Schmerz gar nicht richtig wahr. Er ist verwirrt. Verwirrt und wütend. Er packt den rothaarigen, hübschen Mittzwanziger am Hemdkragen. Am Kragen seines grünen Seidenhemdes.

»Was hast du gesagt?! Und wer bist du überhaupt?!«, brüllt er dem Engländer ins Gesicht.

Erich Wigener schaltet sich ein: »Er ist anscheinend ihr Freund, Kurt. Sie ist sein Mädchen, und wir sollen sie in Ruhe lassen, hat er gemeint. Außerdem hat er dir die Nase gebrochen. Sieht nicht gut aus, Kurti.«

Aus Kurt Pullhanns Kehle dringt ein unheimliches, gefährliches Lachen.

»Was, der Frosch ist ihr Freund!? Hässlich, dieses Grün! Das leuchtet ja im Dunkeln. Trägt man so was heutzutage in England? Stehst du auf diesen Frosch, Franziska? Frosch, Frosch, Frosch, ha, ha, ha! Wisst ihr, was Frösche gern machen, Burschen? Schwimmen. Frösche schwimmen gern, nicht wahr? Also lassen wir ihn doch schwimmen, den Kerl! Auf drei, okay?«

Nun geht alles viel zu schnell. Franziska Grahninger gefriert das Blut in den Adern, als sie sieht, wie Kurt Pullhann, Erich Wigener und Bert Hohlmeister ihren Gery packen. Der versucht, sich zu wehren, aber die drei anderen sind einfach zu stark. Drei gegen einen! Die junge Frau möchte ihrem Verlobten helfen, aber sie kann sich nicht rühren. Sie ist wie versteinert.

»Nooo! I can't swim! I don't want to die«, schreit der Engländer entsetzt, die Todesangst, sie ist aus jedem seiner Worte klar und deutlich herauszuhören. Franziska Grahninger kann sich immer noch nicht rühren. Hilflos sieht sie dabei zu, wie die drei widerlichen Kerle ihren Gery übers Brückengeländer stoßen. Hinein in die reißende Donau.

»Franny, I love you!«, sind dessen letzte Worte. Dann verschluckt ihn das wütende Gewässer.

»So, jetzt ist er dort, wo er hingehört, der Frosch! Grün ist sowieso eine hässliche Farbe«, brüllt Kurt Pullhann zufrieden.

»Ich kann Grün auch nicht leiden, ha, ha, ha!«, ergänzt Erich Wigener lachend.

Nur Bert Hohlmeister wird ernst. Leichenblass flüstert er: »Was haben wir getan? Was haben wir nur getan? Wir haben ihn umgebracht! Wir haben ihn umgebracht!«

Im selben Moment erwacht Franziska Grahninger aus ihrer Versteinerung. Sie schreit, sie schreit sich all ihr Leid von der Seele. Rasch drückt ihr Erich Wigener die rechte Hand auf den Mund.

»Halt die Klappe, du Schlampe!«, raunt er.

»Du hast nichts gesehen! Wenn du irgendjemandem erzählst,

was da gerade passiert ist, bist du tot, verlass dich darauf!«, ergänzt Kurt Pullhann bedrohlich.

Franziska Grahninger nickt stumm. Tränen rinnen ihr dabei unaufhörlich über die Wangen. Sie denkt nur an eines: ihr ungeborenes Kind. Gerys Kind. Sie muss es beschützen. Ihr Kind ist jetzt alles, was noch zählt.

25

Chefinspektor Meierhofer konnte seinen Blick nicht von der zitternden Franziska Grahninger abwenden. Ihm wurde bewusst, wie ähnlich sie und ihre Tochter einander sahen. Ihre Tochter, Geraldine Grahninger, die sie nach Gery, deren englischem Vater benannt hatte.

Franziska Grahningers Geschichte hatte ihn betroffen gemacht. Ehrlich betroffen. Sie war eine dreifache Mörderin, Bert Hohlmeister war vor kurzem im Spital den Folgen der schweren Vergiftung erlegen, aber trotzdem hatte er in diesem Moment Mitleid mit ihr. Die drei Mordopfer, sie hatten der damals noch jungen Franziska Grahninger alles genommen, was ihr wichtig gewesen war. Sie hatten ihr den Geliebten genommen, den Vater ihres ungeborenen Kindes und damit auch ihre Zukunft. Die glückliche Zukunft, die sie sich erträumt hatte. Trotzdem hätte Franziska Grahninger nicht zur Mörderin werden dürfen. Selbstjustiz war keine Lösung, auch wenn der Chefinspektor ihr Bedürfnis nach Rache nachvollziehen konnte.

Der Sechsundfünfzigjährige nahm einen Schluck des Automatenkaffees, den er hier in der Justizanstalt Krems immer trank. Er war allein mit Franziska Grahninger. Staudinger befragte gerade deren Tochter, Doktor Geraldine Grahninger. Meierhofer hatte sich geweigert, mit ihr zu sprechen. Er war zu voreingenommen, was sie anging. Außerdem konnte er es sich selbst nicht verzeihen, dass er auf sie hereingefallen war. Dass ihn seine Menschenkenntnis in diesem Ausmaß getrogen hatte. Und der Schulterschuss war ihm auch unangenehm. Noch nie zuvor hatte er eine Frau angeschossen.

»Frau Grahninger, was haben Sie nach diesem Vorfall im Jahr 1965 gemacht? Sind Sie nicht zur Polizei gegangen?«, fragte er so einfühlsam wie möglich.

Die attraktive Frau schüttelte vehement den Kopf.

»Nein, natürlich nicht. Ich hatte schreckliche Angst, dass die drei ihre Drohung in die Tat umsetzen würden. Ein paar Tage lang habe ich mich zuhause verkrochen. Ich bin nicht mehr hinaus gegangen. Meine Eltern dachten, ich wäre krank. Das war ich auch. Krank vor Kummer. Ich habe es einfach nicht mehr ausgehalten, hier in der Wachau, dort, wo all das passiert ist. Deshalb bin ich schließlich ausgerissen, nach Wien. Keiner hat davon gewusst, nur meinen Eltern habe ich nach einiger Zeit Bescheid gegeben, damit sie nicht nach mir suchen würden. In Wien habe ich mir dann eine neue Existenz aufgebaut. Ich habe Geraldine bekommen, und von da an ist es wieder bergauf gegangen. Mit jedem Tag, den sie älter geworden ist, hat sie mich mehr an Gery erinnert. Sie ist ihrem Vater sehr ähnlich, müssen Sie wissen. Sie müssen Geraldine verschonen, es war alles meine Idee! Dass ich mich irgendwann an den drei Mördern rächen würde, das habe ich schon damals gewusst. Nur nicht, wann und wie. Bis ich im letzten Frühjahr in der Zeitung von einem Mann gelesen habe, der gestorben war, weil er Herbstzeitlosenblätter mit Bärlauch verwechselt hatte. Da hatte ich diese Eingebung. Plötzlich wusste ich, wie ich mich an Kurt, Erich und Bert rächen würde. Ich wollte sie demütigen, abhängig machen von mir und ihnen dann den letzten, quälenden Todesstoß versetzen. Das hatten sie verdient, das hatten sie doch verdient!«

Franziska Grahningers Wangen waren tränennass. Doch sie schluchzte nicht, sie weinte stumm. Stolz und selbstsicher, in der Gewissheit, das in ihren Augen Richtige getan zu haben.

Chefinspektor Meierhofer leerte den Plastikbecher in seinen Händen. Er überlegte einen Moment, dann sagte er: »Eines würde mich noch interessieren, Frau Grahninger, haben die drei nie Verdacht geschöpft, sich gewundert, warum sie Sie nur in Wien treffen konnten?«

Ein bitteres Lächeln nahm das Gesicht der Frau in Besitz.

»Die drei waren mir hörig, Herr Inspektor, ich konnte mit ihnen machen, was ich wollte. Es war gar nicht so einfach, die Termine zu koordinieren. Angelikas, Tamaras und Karolines Dates nicht zu verwechseln, immer im Kopf zu haben, welche der drei ich gerade war. Aber ich habe es hingekriegt. Immerhin hatte ich ein großes Ziel. Ein großes Ziel, das ich erreicht habe. Kurt, Erich und Bert sind tot. Und sie haben gelitten! Sie haben gelitten, so, wie ich all die Jahre gelitten habe. So, wie Geraldine und ich gelitten haben. Können Sie sich vorstellen, wie schwierig es für sie war, gänzlich ohne Vater aufzuwachsen? In einer Zeit, als Scheidungen noch nicht auf der Tagesordnung standen? Als beinahe jedes Kind Vater und Mutter hatte? Geraldine war immer eine Außenseiterin. Außerdem hat sie mit fünf, sechs Jahren angefangen, Fragen zu stellen. *Warum habe ich keinen Papa? Warum ist mein Papa im Himmel? Wollte mein Papa mich nicht kennen lernen? Ist er bei den Engeln?* Mir hat jedes Mal das Herz geblutet. Irgendwann habe ich ihr dann die Wahrheit gesagt, ihr alles erzählt. Als sie alt genug dafür war. Ich glaube, von diesem Moment an hatte sie auch nur ein Bedürfnis. Das gleiche Bedürfnis wie ich. Das Bedürfnis nach Rache.«

Meierhofer fuhr sich mit der rechten Hand durch seinen Vollbart, der nun wieder länger war. Er konnte sie verstehen. Er konnte Franziska Grahningers Gefühle nachvollziehen. Trotzdem war das, was sie getan hatte, falsch gewesen.

»Eine Frage hätte ich noch, Frau Grahninger. Wieso haben Sie die drei dazu gebracht, ihre Waldhütten in diesem Grün zu streichen? Warum?«

Ein zynisches Lächeln huschte über das hübsche Gesicht Franziska Grahningers. »Warum ich sie die Hütten in diesem Grün habe streichen lassen? … Um das herrliche Gefühl der Macht zu verspüren. Das Grün der drei Waldhütten ist das gleiche Grün, das Gerys Hemd damals hatte. Das Grün, über das sich Kurt Pullhann so lustig gemacht hat. Das Grün, das sie alle drei hässlich fanden. Und Jahrzehnte später lassen sie ihre Waldhütten in diesem

Grün streichen. Anstandslos, um mir, der Frau, der sie komplett verfallen sind, eine Freude zu machen. Keiner der drei hat Verdacht geschöpft. Keiner hat auch nur im Ansatz daran gedacht, zu hinterfragen, wer ich bin und was ich tatsächlich von ihm will. So überzeugt waren die drei von sich selbst. Von ihrer magischen Ausstrahlung. Sie dachten, ich wäre ihnen verfallen, genau wie sie mir. Dumme, einfältige Idioten!«

Zum ersten Mal erschien ein Ausdruck auf Franziska Grahningers Gesicht, der dem Chefinspektor ein wenig Angst machte. Sie war eine gefährliche Frau. Eine Frau, die die schrecklichen Erlebnisse ihrer Jugend gefährlich gemacht hatten.

»Danke, Frau Grahninger. Ich lasse Sie jetzt in Ruhe. Auf Wiedersehen.«

»Auf Wiedersehen, Herr Chefinspektor Meierhofer. Geraldine hatte übrigens recht. Sie sind ein außergewöhnlicher Mann. Samtig, würden wir beide sagen. Samtig wie ein guter, gereifter Wein.«

*

Gruppeninspektor Staudinger saß Doktor Geraldine Grahninger gegenüber, die Meierhofers Schulterschuss überraschend gut weggesteckt hatte.

»Na, wie geht es Ihnen heute denn, Frau Doktor? Tut die Schulter sehr weh?«, fragte Staudinger zynisch. »Wenn Sie wollen, kann ich Ihnen ein paar meiner Wunderpillen abgeben, aber passen Sie auf, dass Sie davon nicht abhängig werden. Könnte sein, dass Sie sonst Halluzinationen bekommen«, ätzte er in Anspielung auf ihr Verhalten nach seiner Gehirnerschütterung.

Doktor Geraldine Grahninger, die selbst in U-Haft verboten gut aussah, setzte ihr Kobra-Lächeln auf, das der Gruppeninspektor überhaupt nicht ausstehen konnte. Dann zischte sie: »Wissen Sie was, Herr Gruppeninspektor? Sparen Sie sich diesen Scheiß einfach! Ich kann Sie nicht leiden, und Sie können mich nicht leiden.

Damit wären die Fronten geklärt. Obwohl ich ja eigentlich nicht weiß, was Sie gegen mich haben.«

»Was ich gegen Sie habe? Ha!«, Staudinger gab ein verächtliches Grunzen von sich, »Sie sind eine Schlange. Falsch, gemein und hinterlistig. Das habe ich gegen Sie. Glauben Sie, ich habe nicht von Anfang an bemerkt, wie Sie mit Chefinspektor Meierhofer gespielt haben? Wie Sie ihn bewusst gereizt haben, versucht haben, ihn aus der Reserve zu locken? Und das, obwohl Sie mit Sicherheit gewusst haben, dass er glücklich verheiratet ist – seit Jahrzehnten. Widerlich, das ist alles, was mir zu Ihnen einfällt, einfach nur widerlich.«

Stefano Staudinger funkelte die schöne Frau böse an. Diese brachte ein Schmunzeln zustande, das vor Sarkasmus nur so triefte.

»Gruppeninspektor Staudinger, mäßigen Sie sich! Oder soll ich meinen Rechtsanwalt hierher schaffen? Ich denke nämlich, dass Sie mir gegenüber voreingenommen sind. Aber kein Wunder, immerhin sind Sie vom anderen Ufer. Mit einer starken Frau wie mir können Sie wohl nicht allzu viel anfangen.«

Der Gruppeninspektor hatte große Mühe, seine Wut unter Kontrolle zu halten. Am liebsten hätte er der Gerichtsmedizinerin eine geknallt, auch wenn er sonst nie auf den Gedanken kam, eine Frau zu schlagen. Diese Grahninger, die hätte es sich verdient. Er hoffte nur, dass sie bald im Gefängnis verschimmelte. So gefasst wie möglich konterte er: »Sie verkraften doch nur nicht, dass Ihre weiblichen Reize bei mir nicht wirken, Frau Doktor Grahninger. Anscheinend bringen Sie damit sogar die klügsten Männer um den Verstand, wie man bei Hans gesehen hat, aber mich, mich lässt Ihre perfekte Sanduhrfigur kalt. Genau wie Ihr schönes Gesicht. Es ist mir schlicht und einfach wurscht, wie gutaussehend Sie sind, und deshalb mögen Sie mich nicht, habe ich recht?«

Geraldine Grahningers Gesicht war nun wieder eine eiskalte, undurchdringliche Maske, aus der man nicht die geringste Emotion ablesen konnte. Für Staudinger war klar, dass sie das Mastermind in dieser Sache gewesen war. Die drei Colchicin-Morde mochte zwar ihre Mutter verübt haben, aber die Fäden, die hatte Geraldine Grahninger gezogen.

»Wieso sind Sie eigentlich hier, Gruppeninspektor Staudinger? Nur, um mich fertig zu machen?«, fragte Grahninger plötzlich erstaunlich zahm.

Staudinger schüttelte den Kopf. Er besann sich auf seine eigentliche Aufgabe. Die Befragung der Verdächtigen.

»Nein, natürlich nicht. Ein paar Dinge beschäftigen Hans und mich in Ihrem Fall noch. Ihre Mutter, sie behauptet, dass sie allein hinter all dem steckt. Dass es ihre Idee war, die drei Männer mittels Herbstzeitlosencremesuppe ins Nirvana zu befördern. Aber ich glaube ihr das nicht. Wie war es wirklich, Frau Doktor?« Der Gruppeninspektor wartete gespannt auf die Antwort der Gerichtsmedizinerin. Er ging davon aus, dass sie alles tun würde, um ihre Mutter zu schützen. So, wie jeder andere Mensch das wohl auch machen würde. Und er sollte recht behalten.

»Nein, nein, das stimmt doch gar nicht! Das sagt sie nur, weil sie mich schützen will, immerhin bin ich ihr einziges Kind. Mama…« Staudinger hörte die Liebe, die in diesem Wort mitschwang, deutlich heraus, eine Tatsache, die ihn ehrlich erstaunte, »Mama hat mir kurz nach meinem achtzehnten Geburtstag erzählt, wie mein Vater wirklich gestorben ist. Können Sie sich vorstellen, wie es ist, wenn man so etwas erfährt? Wie weh es einem tut, zu erfahren, dass drei dumme, junge Männer einem den Vater genommen haben, weil sie nicht nachgedacht haben? Weil sie sich aufspielen wollten. Weil sie in ihrem Stolz gekränkt waren? Und wie schlimm es ist, ohne Vater aufzuwachsen. Ohne die Möglichkeit, ihn kennen zu lernen, seine Stimme zu hören, mit ihm zu reden, zu lachen, zu weinen?«

Nein, das konnte er sich nicht vorstellen. Gott sei Dank konnte er sich das nicht vorstellen. Zum ersten Mal verspürte Staudinger einen Hauch der Sympathie für Doktor Geraldine Grahninger.

»Es war schrecklich. Nachdem ich erfahren hatte, wie mein Vater ums Leben gekommen war, fasste ich den Plan, ihn zu rächen. Mir war von diesem Moment an klar, dass ich dafür sorgen würde, dass seine Mörder mindestens ebenso viel Leid erfahren würden wie mein Vater, meine Mutter und ich. Sie haben damals unsere Leben zerstört, diese drei Widerlinge, und ich würde die ihren zerstören. ... Ich habe dann beschlossen, Gerichtsmedizinerin zu werden. Weil ich mich schon immer für die Toten interessiert habe, vielleicht auch wegen des Schicksals meines Vaters. Mein Studium hat mir Spaß gemacht, die ersten Dienstjahre auch, deshalb habe ich meine Rachepläne auf Eis gelegt. Mich an Kurt Pullhann, Erich Wigener und Bert Hohlmeister zu rächen, war plötzlich nicht mehr so wichtig. Bis ich letztes Jahr einen Bericht über den erfolgreichen Geschäftsmann Kurt Pullhann in irgendeiner Zeitung gelesen habe. Als ich ihn da gesehen habe, wie er selbstzufrieden von diesem Foto gelächelt hat, dazu ein Artikel über den großartigen Mann, der stets ein vorbildliches Leben geführt hat, da ist mir das Kotzen gekommen. Gleich neben dem Bericht über Pullhann war damals ein kurzer Artikel über einen Mann, der an einer Colchicin-Vergiftung gestorben war, weil er Herbstzeitlosenblätter für Bärlauch gehalten hatte. Ich habe also Pullhanns schmieriges Grinsen gesehen, dann den Colchicin-Bericht gelesen, und da hatte ich die Idee. Die Erleuchtung, wie ich ihm und den anderen das Leid zufügen könnte, das sie zu durchleben verdienten. Am Abend dieses Tages hat mich Mama angerufen. Sie hatte die beiden Zeitungsartikel auch gelesen, und sie hatte den gleichen Gedanken gehabt wie ich. Wir haben gemeinsam begonnen, Rachepläne zu schmieden. Schritt für Schritt sind wir alles durchgegangen. Begonnen hat es damit, dass ich mich in die Wachau habe versetzen lassen. Ich wollte in der Nähe sein, in das Geschehen eingreifen können, falls es nötig war. Wenn einer die Toten finden und begutachten sollte, dann ich. Meine Mutter hatte die Idee, die drei von sich abhängig zu machen. Mit ihnen zu spielen. Ich hätte diesen Part natürlich auch gern übernommen, aber ich konnte es ihr nicht ausreden. Sie hat jede Minute dieses Schauspiels genossen. Dieses Gefühl, plötzlich eine ungeahnte Macht über die drei Mörder meines Vaters zu haben, die drei Männer, die ihr alles genommen hatten, dieses Gefühl hat ihr ein wenig ihrer Lebensfreude zurückgegeben. Ich war für die technischen Details zuständig, die Gestaltung der Show hat Mama übernommen, wenn Sie so wollen.«

Staudinger war baff, wie locker Geraldine Grahninger über die drei Morde sprach. Eine Show, für sie und ihre Mutter war das alles eine Show gewesen. Auch wenn er nachvollziehen konnte, welchen Hass die beiden Frauen während all der Jahre auf Pullhann, Wigener und Hohlmeister aufgebaut haben mussten, die Art und Weise, wie sie sich an den Männern gerächt hatten, die konnte er einfach nicht gutheißen. Selbstjustiz war keine Alternative, sie durfte einfach keine Alternative sein. Der Gruppeninspektor legte die Stirn in Falten: »Warum haben Sie nicht versucht, die Taten zu vertuschen? Sie hätten uns doch falsche Untersuchungsergebnisse vorlegen können. Sie haben uns sogar davon erzählt, dass Sie genau so morden würden, wenn Sie einen Grund dafür hätten. Hatten Sie keine Angst, dass wir Ihnen dadurch auf die Schliche kommen?«

Geraldine Grahninger lachte leise, dann erwiderte sie: »Seien Sie mir nicht böse, Gruppeninspektor Staudinger, aber ich habe keinen Moment befürchtet, dass Sie mir auf die Schliche kommen könnten. Noch weniger Chefinspektor Meierhofer. Den hatte ich ja ohnehin eingewickelt. Nein, ich hatte keine Sorge, ganz im Gegenteil, ich habe es sogar genossen, ein wenig mit Ihnen beiden zu spielen.«

Und schon war sie ihm wieder unsympathisch.

»Obwohl, so ganz stimmt das eigentlich nicht«, setzte die Gerichtsmedizinerin plötzlich nach, »nach den ersten beiden Morden habe ich meine Mutter angefleht, es bleiben zu lassen. Ich habe dann doch befürchtet, dass Sie ihr zu nahe kommen könnten. Bert Hohlmeister hätte sie leben lassen können. Er hat bei der Sache damals ja nur eine untergeordnete Rolle gespielt. Er war nur Erich Wigeners und Kurt Pullhanns Handlanger, ein kleines Licht, unbedeutend. Mama hat mir versprochen, ihn nicht mehr zu treffen. Es rechtzeitig abzubrechen. Sie hat sich nicht daran gehalten. Ich habe an jenem Tag zig Mal versucht, sie zu erreichen. Aber keine Chance. Da habe ich eins und eins zusammengezählt, meinem Bauch vertraut, der wusste, dass sie in der Hütte im Wienerwald war. Ich habe meine Pistole geschnappt und bin ihr gefolgt. Fragen Sie mich nicht, warum, aber in diesem Moment wusste ich einfach, dass Sie ihr auf den Fersen waren. Ich wusste es. Wäre ich nur ein wenig schneller gewesen. Nur ein wenig schneller. Mein Ziel war es, meine Mutter zu beschützen. Ich habe versagt. Was das angeht, habe ich jämmerlich versagt.«

Staudinger starrte die Gerichtsmedizinerin stumm an. Er wusste nicht, was er denken sollte. Eine Vielzahl an Gefühlen machte jeden klaren Gedanken unmöglich: Hass, Mitgefühl, Abscheu, Entsetzen, Mitleid, ... all das empfand er, wenn er Doktor Geraldine Grahninger betrachtete. Kein Wunder, dass Hans ihr nicht mehr ins Gesicht schauen konnte. Diese Gerichtsmedizinerin war eine außergewöhnliche Frau. Er mochte sich vielleicht in manchen Punkten in ihr getäuscht haben, aber mit einem hatte er auf alle Fälle recht gehabt: Sie gehörte nicht zu den Guten. Aber ob sie deshalb ausschließlich böse war, diese Frage hätte er momentan nicht mit einem einfachen »Ja« beantworten können.

Epilog

»Opa! Essen ist fertig!«, schrillte Lukas' Stimme bis in den Garten, wo Hans Meierhofer und Stefano Staudinger es sich auf zwei Liegestühlen bequem gemacht hatten. Sie ließen sich die warme Maisonne auf die Bäuche scheinen, der junge Gruppeninspektor auf seinen perfekten Waschbrettbauch, der nicht mehr ganz so junge Chefinspektor auf seinen perfekten Waschbärbauch.

»Kommen gleich!«, rief Meierhofer, während er einen weiteren Schluck seines großartigen Latte macchiatos genoss. Staudinger genehmigte sich ausnahmsweise schon zu Mittag ein Glas kühlen Weißwein.

»Weißt du, was mich an diesem Fall so erschreckt hat, Stefano? Dass ich Mitleid mit Franziska Grahninger hatte. Für einen kurzen Moment habe ich eine gewisse Genugtuung empfunden, als ich an die toten Männer gedacht habe. Darf man das als Kriminalbeamter? Verständnis für einen Mörder haben oder eine Mörderin?«

Staudinger zuckte mit seinen männlich breiten Schultern.

»Keine Ahnung, Hans. Ich denke schon. Schließlich sind wir auch nur Menschen. Weißt du, ich frage mich oft, ob ich auch dazu imstande wäre, ein Verbrechen zu begehen. Jemanden zu töten.«

Meierhofer warf einen Blick ins Wohnzimmer. Auf seine Tochter Marianne, die gemeinsam mit Lukas dabei war, den Tisch fertig zu decken, während Karl, sein Schwiegersohn, mit Stefanos Freund Dominik tratschte. Irene wuselte mit Sicherheit gerade hektisch durch die Küche. Seine Familie, die war ihm das Wichtigste. Wenn jemand seine Familie in Gefahr bringen würde, dann würde er vielleicht auch zum Mörder werden. Der Chefinspektor wischte die Gedanken weg. Er wollte sich nicht mit so was beschäftigen.

»Opa! Stefano! Wenn ihr euch nicht beeilt, bleibt vom Brathendl nichts für euch übrig! Ich bin nämlich hungrig wie ein Bär!« Lukas Stimme hatte noch ein paar Dezibel zugelegt.

Meierhofer schmunzelte. Er holte tief Luft und schrie zurück: »Oh nein! Dieses Risiko können wir natürlich nicht eingehen! Wir kommen schon!« Dann meinte er zu Stefano: »Lass uns reingehen, Stefano! Und die Sache vergessen. Vergessen wir alles, was mit den Grahningers zu tun hat. Ich meine damit wirklich alles, du verstehst? Wegen Irene, du weißt schon. Ich will das nicht in Gefahr bringen. Es war dumm von mir, schrecklich dumm.«

Auf Stefano Staudingers Gesicht machte sich ein wissendes Lächeln breit. »Keine Angst, alter Mann, ich werde für mich behalten, dass du samtig bist. Samtig wie ein guter, gereifter Wein. Ich finde ja eher, dass du muffig riechst. Wie ein Wein, der einen Kork hat.«

Muffig, samtig. Das war Meierhofer alles egal. Er war auf alle Fälle eines: hungrig. Jetzt ein Brathendl und danach noch ein perfekter Latte macchiato im Kreise seiner Familie. Dann würde alles gut. Das Bild von Geraldine Grahningers perfekter Sanduhrfigur, das kurz vor seinem inneren Auge erschien, ignorierte er. Vergessen. Er würde sie vergessen. Manchmal musste man einfach nur vergessen, damit alles wieder gut wurde.

Lisa Gallauner

Teufelsstimmen

Ein Amoklauf erschüttert die Postkartenidylle der Wachau: Auf einem Campingplatz wurden willkürlich fünf Menschen erschossen. Der Verdächtige gibt an, Stimmen hätten ihn dazu getrieben, die Camper kaltblütig auszulöschen. Als es nicht bei diesem einen Verbrechen bleibt, stehen der erfahrene Chefinspektor Hans Meierhofer und sein junger Kollege, Gruppeninspektor Stefano Staudinger, vor einem Rätsel. Was steckt hinter diesen ominösen Stimmen und wen quälen sie möglicherweise noch? Ein Kampf gegen die Zeit beginnt …

Teufelsstimmen
Krimi von Lisa Gallauner
196 Seiten, Verlag federfrei
ISBN: 978-3-9502751-8-6

Joseph Lemark

Vendetta

Der brutale Mord an einem Unternehmer und politischen Multifunktionär versetzt gewisse Kreise der Stadt in Aufruhr. War es ein Terroranschlag, wie Parteifreunde und der Polizeichef es gerne glauben machen möchten, oder war es „nur“ die Rache eines gehörnten Ehemannes? Und was haben die Verträge des Ermordeten mit einer dubiosen albanischen Gesellschaft auf sich? Bei ihren Ermittlunen stoßen Josef Vierziger und seine Kollegin auf ein Geflecht aus Politik und Wirtschaft.

Vendetta
Krimi von Joseph Lemark
309 Seiten, Verlag federfrei
ISBN 978-3-9502751-6-2

Thomas Himmelbauer

Tod im Gymnasium

Als Prof. Dirkbacher am Ende des Elternsprechtages nochmals ins Gymnasium zurückkehrt, entdeckt er in der Garderobe die Leiche seiner Kollegin Prof. Ringelstein. Jemand hatte ihr in den Kopf geschossen. Noch bevor er die Polizei verständigen kann, hört er Schritte im Stiegenhaus: Der Mörder ist noch im Gebäude! Als die Beamten ihre Ermittlungen starten, finden sie bald heraus, dass sich zum Zeitpunkt der Tat nicht nur der Mörder und Prof. Dirkbacher im Schulgebäude aufhielten.

Helga Weinzierl

All in - der Kartenmörder

Ein Serienmörder erschüttert Linz. Der Täter mordet nachts, agiert rasch und hinterlässt wenig Spuren. Die Ermittler Gottfried Buchner und Heinrich Stifter können vorerst keine Verbindung zwischen den Opfern herstellen. Doch dann erkennt Stifter, ein leidenschaftlicher Poker-Spieler, dass nach einem Kartentrick gemordet wird. Langsam beginnt er, die Sprache des Täters zu verstehen.
Ein mörderisches Spiel beginnt.

All in - der Kartenmörder
Krimi von Helga Weinzierl
257 Seiten, Verlag federfrei
ISBN: 978-3-9502751-1-7